為失竊少女
祈禱

Prayers for the Stolen

Jennifer Clement

珍妮佛・克萊門 ——— 著 黃意然 ——— 譯

推薦序

暴力的全貌

范琪斐

台灣因為治安很好，我發現台灣大多數人對「暴力」的概念，是來自電影電視。一般時候，這沒有問題。但在孫安佐案在美國爆發時，很多台灣人對此案抱持著「就是個小屁孩，美國為什麼這麼大驚小怪的看法」時，我就感到非常挫折。

在台灣，小孩去上學要擔心有狂人進來用機關槍掃射，是電視電影裡演的情節。但在美國，這是新聞台會播出跑馬的快報，這是學校必需要定時舉行演習應變的事故，這是很多家長們坦承送小孩去上學後最害怕聽到的訊息。這是為什麼很多美國人在聽到一個台灣來的屁孩揚言要到學校掃射時，會如此憤怒，包括我在內。

但我在台灣，的確碰到了一個朋友對「暴力」有深刻的認識。Jose是來自墨西哥的留學生。他學的是當時熱得不得了的 co-living 共享住宅。在聊天中，他談起他的學生簽證還有一年到期，他正在想盡辦法找機會留在台灣。我問他為什麼那麼喜歡台灣？對同樣的問題，其他我認識的美國、歐洲或中國來的留學生總是說，台灣最美的風景是人，或台東好美，或自由的空氣最棒，但Jose告訴我的是：妳開玩笑嗎？台灣光治安好，對我來講就夠了。

我嘆了一口氣，是的，我懂。

我先生蘿蔔頭是墨裔美籍，再加上他的家人就住在美墨邊界上，那個曾被稱做全世界最暴力都市的Ciudad Juárez，我去過很多次。情況最壞時，在二〇〇八年，這一個人口與台中市相仿的城市，有紀錄的謀殺案就有一千多件。其中很大比例的暴力受害者，是像本書中所描述的，都集中在女性身上。

珍妮佛．克萊門的這部小說，講的是一個小女孩黛妃在墨西哥毒梟橫行的格瑞羅州成長的故事。老實說，有關墨西哥人口販賣的問題，我看過的作品很多，書、電影、電視、藝術作品都有，但很少能像這本這麼完整地呈現「暴力」的全貌。

毒梟帶來的問題，不是只有像我們在影集裡看到的殺人如麻或是女性被迫賣淫，悲劇不只限於這個被謀殺的人或被販賣的女性身上。在克萊門的描述下，我們看到毒梟讓當地的經濟除了運毒之外，百業蕭條。本來為了打擊毒梟，軍方應該將毒性極高的除草劑用直昇機噴灑在罌粟田上，但軍方人員不是被買通，就是害怕會被擊落而不敢靠近，因而隨意把除草劑亂灑，不但使得農田無法再耕種，也讓當地農夫染上各種不明疾病及癌症。男人不得不出遠門找工作養家糊口，留守家中的女人也在無止境的等待中變得憤怒醜陋，用酒精麻醉自己。

這些居民的困境，造就了一些外人無法了解的行為，克萊門這一點描述得特別好。比如女孩子天生愛美，但為了怕被人口販子綁架，只好把她們裝扮成男孩，取男生名，而且要愈醜愈好。黛妃的母親甚至想敲掉黛妃的牙齒，讓她醜得再澈底一點。全村唯一個小女生瑪麗亞，可以用女生的身分在村裡趴趴走，是因為瑪麗亞兔唇。為了怕女孩被搶走，家家戶戶都在地上挖個洞，緊急的時候就叫女兒躲進去。

這個心理壓力，不限於這些有女孩的家庭，克萊門筆下當地唯一的美容院是個例子：「我在十五年前開了這家美容院，取了什麼名字？我把店名取為幻想。我取這個店名是因為我的幻想，或者說夢想，是有所作為。我想把妳們所有人都變漂亮，讓自己身邊環繞芬芳的氣味。

……

可是我不是把大家變漂亮，而是怎麼樣呢？露絲問。

每個人都低頭看著塗了指甲油的指甲，沉默不語。

而是怎麼樣？

無人回答。

我得讓小女生看起來像男生，得讓少女看起來平庸，得把漂亮的女孩兒變醜。這是間醜容院，不是美容院。」

另有一個章節，描寫黛妃要將中了槍傷的瑪麗亞送醫，好不容易攔到一個好心的計程車司機願意載，但卻被要求要將流血的手臂包在垃圾袋裡，以防把車子弄髒。

克萊門成功地描述了「暴力」對一個家，一個社區，一個城市，一個國家造成的傷害。這個暴力造成的傷口，似乎永遠不會好，只會隨著時間過去，愈來愈臭，愈來愈爛。在這樣的氛圍裡，人唯一的希望就是逃離。

文筆上，克萊門是沒話講的。看書時已知克萊門的田野調查花了大功夫，若沒有訪過當地人還能想出挖洞這樣的情節，也太有才。克萊門的人物，她們的講話口吻，讓我彷彿又回到了墨西哥那個熱烘烘，充滿了各種鮮艷色彩的奇幻國度。

蘿蔔頭在跟我討論時，特別提醒我要點出，墨西哥只是有些地方有像小說裡描述的毒梟暴力問題，並非全墨西哥都如此，墨西哥市就沒有這麼危險，去觀光還是很不錯的。推薦這本書是希望大家在讀完書後，下次再看到新聞裡排山倒海而來的非法移民潮時，如果心裡出現「難民營的狀況真差，真不知道這些人為什麼要冒著生命危險偷渡」的疑問，會想到這本小說。

（本文作者為前駐美特派記者）

推薦序

墨西哥「女書」：世間殘酷，但同情共感的陽光普照在故事的蛛網上

張惠菁

前幾年墨西哥導演阿方索．卡隆執導的電影《羅馬》，引起過很多話題。它也是那一年我最喜歡的電影。劇情發生在墨西哥城的高級住宅區科洛尼亞羅馬，一個白人家庭雇用了一位原住民女傭克萊奧。克萊奧和這家人的關係很緊密，雖有階級之分，但隨著那個家的女主人遭遇婚姻危機，克萊奧自己也未婚懷孕並被男友拋棄，她和這個白人之家逐漸同情共感，形成一種沒有血緣的新家人關係。片中的克萊奧性格溫柔穩定，彷彿是所有人的母親。但她卻意外目睹了拋棄自己的男人行惡，而無法去愛腹中的孩子。她和主人家漸漸成為世情大浪中互相依靠的存在。男人離去，女人與小孩重新分配了房間。大宅子仍然蔭涼，市聲隱微，穿窗而來，外頭陽光普照。

《為失竊少女祈禱》發生在墨西哥城外，一個惡劣得多的生存環境。那裡，男人也都離開了，但他們是去加入幫派，或偷渡到美國。留下的女人們只會生下「男孩」——因為

所有女孩都要被妝扮成「男孩」，剪短頭髮、弄髒臉孔，當成男孩來養。一旦有個美麗少女長成的消息傳出，就會引來人口販子，他們將女孩們當成農作物，時候到了就開著車來收成，拿槍比著她們的母親，帶走剛開始青春，美麗已藏不住的女孩，不幸的厄運從此便降臨到女孩身上。

小說中的敘事者名叫黛妃。她的母親為她取這個名字，不是因為嚮往黛安娜王妃的貴族光環與美麗容顏，而是因為黛安娜王妃也是一個棄婦。黛妃從小活在一個顛倒的世界，女孩為了生存扮男孩，長到扮不了男孩了就扮醜。小村裡唯一一家美容院其功能是「醜容院」，幫女性們把美掩蓋起來。這樣還擋不住綁架者們的窺伺，母親們便開始挖地洞，一有陌生人來便把女孩們像種子根莖般種到地裡隱藏。她們是一種必須不斷抹消自己存在的性別。

村裡只有一個學校。每個學期都換老師，老師是從城市來的，年輕且剛從教師學校畢業，只會在這偏遠之地待一學期，完成教學服務，然後就回到城市裡重新被分發。社工人員也是，來了又走，帶來的物資有限，什麼也給予不了。這個小村是被遺棄的世界盡頭，只會在外來者的人生中存在很短很短的一段時光。如果他們善良，這個小村會成為他們生命中一種無能為力的回憶。如果他們冷漠，那就什麼都不會留下。

這是一個當代議題性很強的題材。就在我讀這本小說的時候，二〇二〇年二月十四日的國際新聞報導，墨西哥女性走上街頭，包圍總統府，抗議她們的國家是個「殺女之國」。在那裡，女人的命如此不值，在婚姻裡、在男人的慾望遊戲中被當成損耗品使用。但是珍妮佛・克萊門沒有因為議題性強，就把小說寫成了一篇申論文。這本書是很好的文學。差別在哪裡？

差別在小說家謹守著黛妃的聲音。這是一個卑微但是清晰，感受敏銳，而會引發共感的聲音。小說從她的視角，去看到了她的家、村子；看到她藏身其中而得以免難的兔子洞，看到學校；從載著她離開村子的車，一路上經過的旅途，看到她被送去幫傭的家（如《羅馬》電影中一般的豪宅？），乃至抵達和離開女子監獄。小說看到了她的母親，母親對父親的又愛又恨。看到母親因父親到處捻花惹草而怒火中燒，而和丈夫大打出手，但卻從沒怨恨和他發生一夜情的女人們，以及從那非婚姻關係中誕生的女孩。等到男人離開，女人們還是會互相照顧著活下去，不分是誰生的孩子。小說從黛妃的視角，看到那憤怒，也看到那人性。這是一本好小說。它以文學和故事的力量，帶著我們去共感了在遙遠大陸之上，一種嚴酷的生存處境，「殺女之國」中的女性。就好像在小說中的女子監獄裡，原本互不相識的女囚們被故事連接起來，理解了彼此。我不知道女囚們在男性的世界裡能否找到出路。我知道的是，透過故事，一張女性的網，以其中每一個受傷個體的苦與悲傷、絕望孤獨為絲，被織造出來了，一個角落一個角落地連接，直到遍布整個國家、整個性別。北緯二十三度度那殘酷又溫暖的陽光正普照其上。同受苦楚者，內心的頻率，口耳流傳的話語，在空氣中震動，綿長久遠，不絕如縷。

（本文作者為作家、衛城出版總編輯）

PART 1

1

現在我們要把妳變醜，我母親說。她吹了聲口哨，嘴巴貼我很近，唾沫噴在我脖子上，我能嗅到啤酒的味道。從鏡子中我看著她拿一塊木炭畫過我的臉。這種日子真鳥，她低喃道。

那是我最初的記憶。我當時想必有五歲了，母親拿面破舊的鏡子到我面前，鏡子上的裂痕彷彿把我的臉劈成兩半。在墨西哥最好當個醜女孩。

我的名字叫黛妃·賈西亞·馬丁尼茲，棕膚、棕眼、棕鬈髮，長得一如我認識的所有人。小時候母親總是把我打扮成男生，喊我鮑伊。

我告訴大家我生了個兒子，她說。

假如我是女孩兒就會被偷走。毒販只要一聽到附近有漂亮女孩，就會駕著黑色的凱雷德巨無霸休旅車飛馳到我們的家園擄走女孩。

我在電視上看見女孩裝扮得漂漂亮亮，梳理頭髮，編成辮子，繫上粉紅色蝴蝶結，或是擦抹化妝品，但這種情景不會出現在我家。

也許我需要敲掉妳的牙齒，我母親說。長大一些，我拿黃色或黑色的麥克筆塗在白色的琺瑯質上，好看起來一口爛牙。沒什麼比一口髒牙更噁的了，母親說。

想出挖洞點子的是寶拉的母親。她住在我們家對面，擁有自己的小房子和一畦木瓜園。母親說格瑞羅州逐漸變成兔子窩，少女在其中到處藏躲。每當有人聽見運動休旅車接近的聲音，或是看見遠方有一個黑點，甚至兩三個黑點，所有的女孩就立刻跑進洞裡。

這裡位在格瑞羅州，氣候炎熱，到處是橡膠樹、蛇、鬣蜥，還有蠍子，透明金色的蠍子，很難察覺而且會致人於死。格瑞羅州的蜘蛛比世界上任何我們確知的地方都要來得多，螞蟻也是。這裡的紅火蟻會讓我們的手臂腫得跟腿一樣。

我們這裡的人以身為世界上最火爆凶惡的人為傲，母親說。

我出生的時候，母親向街坊鄰居和市場裡的人聲稱她生了個男孩。

感謝上帝，我生了個兒子！她說。

是啊，感謝上帝和聖母瑪利亞，大家都這麼回答，即使沒人受騙。在我們這座山區只會誕生男孩，其中有些在十一歲左右會變成女孩。而這些男孩不得不變成醜女孩，有時必須躲在地洞裡。

我們好像兔子，每當田野裡出現飢餓的流浪狗就要躲藏起來，狗不會閉上嘴巴，牠的舌頭已嘗到兔毛的味道。一隻兔子用力跺後腿，這危險的警報就會透過地面傳送，警告洞穴裡的其他兔子。在我們這地區不可能發送警報，因為大家住得非常分散，彼此相隔太遠。不過，我們時時都在注意警戒，努力學習聽辨老遠的聲響。我母親會低下頭，閉眼專注側聽引擎聲，或是車子接近時小動物與鳥類受到驚擾發出的聲響。

從來沒有人回來過。每個失竊的女孩都不會回鄉，也不會寄信回來，一封信都沒有，我母親說。每一個女孩，除了寶拉以外。她在被擄走一年後回來了。

我們從她母親口中聽得她被偷走的過程，反覆聽了不知多少遍。然後有一天，寶拉走回家了。她左邊的耳廓上戴了七個耳飾，藍色、黃色、綠色的耳釘排成一直線，另外手腕上盤繞著一圈紋身，刺著「食人魔的寶貝」。

寶拉就那樣沿著公路徒步，再走上通往她家的泥土路。她緩慢地走著，低頭看地上，彷彿是跟著一排直通她家的石頭。

才不是呢，我母親說。她才不是跟著石頭走，那丫頭只是嗅出回家的路，回到母親身邊。

寶拉走進她房間，躺到床上，上頭仍擺著幾隻絨毛玩具。寶拉從來不提她的遭遇。我們只知道寶拉的母親用瓶子餵她，真的奶瓶。她讓寶拉坐在自己腿上，拿嬰兒奶瓶給她。

當時寶拉十五歲，因為我十四歲。她母親還為她買了嘉寶嬰幼兒食品，用白色塑膠小調羹直接餵入她嘴裡，就是她在公路對面加油站的OXXO商店買咖啡附的調羹。

妳看到了嗎，妳看到寶拉的刺青嗎？母親問。

看到了。怎麼了？

妳知道那是什麼意思吧？她有主人。噢，耶穌基督，瑪利亞的兒子，上帝之子，以及天上的天使保佑我們所有人。

不，我不明白那是什麼意思，母親不願解釋，不過我後來搞懂了。我納悶為何那些光頭毒販持機關槍、後口袋裝著灰色手榴彈，從山中小屋擄走的女孩，最後會像包牛絞肉那樣被販售。

我留意寶拉，想和她說話。她現在從不離開家門，但以前我、她、瑪麗亞、艾絲黛芬妮四人一直是最要好的朋友。我想逗她笑，讓她憶起我們以前在星期天上教堂，總是打扮得像男生，我的名字是鮑伊，她叫保羅。我想讓她回想起我們過去經常一起看肥皂劇雜誌，因為她喜歡看電視明星穿的漂亮衣裳。我還想知道究竟發生了什麼事。

眾所周知，寶拉一直是格瑞羅州這一帶最美的少女。有人說她甚至美過阿卡波可的女孩，這是極大的讚美，因為所有迷人獨特的東西都來自阿卡波可。因此消息就傳出去了。

寶拉的母親給她穿上塞滿破布的衣服，好讓她看起來臃腫。不過人人都知道這個距離阿卡波可港口不到一小時的地方，有個女孩和她母親及三隻雞住在一小塊地裡，長得比珍妮佛·羅培茲還要美，被偷走只是早晚的問題。即使寶拉的母親想出了把女孩藏在地洞的主意，我們大家都照做了，她依然救不了自己的女兒。

在寶拉失竊的前一年就已經有了警訊。

事情發生在清晨。寶拉的母親康恰在餵三隻雞吃過期玉米薄餅時，聽見馬路上傳來引擎聲。寶拉仍在床上酣睡。她上床時臉洗乾淨，頭髮編成烏黑的長辮，夜裡睡覺時髮辮會盤繞在她脖子上。

寶拉身穿長及膝下的白色棉質舊T恤，正面印著深藍色的「神奇麵包」字樣。此外她還穿著粉紅色的內褲，我母親總說那比赤裸著身子還糟糕。

毒販闖進屋內時，寶拉正在沉睡。

康恰說她當時正在餵雞，那三隻終生不曾下過半顆蛋、一無是處的雞，看見那輛棕黃色BMW沿著狹窄的土路駛來。有片刻她以為是頭公牛或是從阿卡波可動物園脫逃的什麼動物，因為她沒想過會看見淺棕色的車輛朝她而來。

她想像毒販來的時候，總想著裝了有色車窗的黑色休旅車。車窗裝有色玻璃理當是違法的，但所有人都安裝，以防警察看進車內。我母親經常說，那些黑窗的四門凱迪拉克凱雷德內載滿毒販和機關槍，有如特洛伊木馬。

我母親怎麼會知道特洛伊呢？一個和女兒單獨住在格瑞羅州鄉下的墨西哥婦人怎麼會知道特洛伊的事？這裡距離阿卡波可開車不到一小時，騎騾子可是要四個鐘頭的。答案很簡單，我父親從美國回來時，唯一帶給她的東西就是一只小型的碟形衛星天線。我母親沉迷於歷史紀錄片和歐普拉的脫口秀。我家的瓜達露佩聖母神壇旁有個敬拜歐普拉的禮壇。母親從來不叫她歐普拉，那發音她永遠搞不清楚。母親稱呼她歐裴拉，總是歐裴拉長歐裴拉短。

除了紀錄片與歐普拉，我們鐵定觀看過《真善美》上百次，母親總是留意電影台何時會播放那部片。

康恰每次對我們述說寶拉的遭遇，故事都不一樣，因此我們永遠不知道真相。

在寶拉失竊前到她們家的毒販只是去仔細端詳她，去探查傳聞是否為真。果然不假。

寶拉被擄走的時候，情況就不同了。

我們這座山區沒有男人，宛如住在沒有樹木的地方。

好像只有一隻手臂的人，母親說。噢，不對，不對，她更正自己的話，住在沒有男人的地方就好像睡覺不做夢一樣。

我們的男人渡河到美國去。他們把雙腳浸入水中，跋涉過及腰的河水，可是一到對岸他們就死了。在河裡，他們拋棄自己的妻兒，走入偉大美國的墳場。她說得沒錯，他們寄錢回來，返鄉一兩次，然後就音訊全無。因此在這塊土地上只有一群群辛勤工作努力養活自己的女人。附近僅有的男人住在休旅車上，騎著重機神出鬼沒，肩上揹著AK－47步槍，牛仔褲的後口袋有袋古柯鹼，襯衫的胸前口袋放包紅色萬寶路。他們戴雷朋太陽眼鏡，我們必須小心，千萬別和他們對上眼，絕對不能看見裡頭的小黑眼瞳，那是通往他們內心之路。

新聞中，我們曾聽說過有三十五個農人遭到綁架，他們在田裡採摘玉米時，幾個男人開了三輛大卡車來擄走所有人。綁匪拿槍對著農人，命令他們上卡車。農人在卡車上挨擠站著有如牲畜。兩三個星期後農人回家了。他們收到警告，要是談起發生的事就會喪命。大家都知道他們是被擄去田裡幫忙採收大麻。

假如你保持緘默，事情就從沒發生過。當然有人會寫首相關的歌曲，所有你不該知道或談論的事情最後都會寫成歌。

有個白痴打算寫首關於綁架農人的歌，搞到自己丟了命，我母親說。

週末時，母親會帶我到阿卡波可去，母親在那裡的一戶有錢人家當清潔女工。那家人住在墨西哥城，一個月有兩個週末會到度假勝地。多年來這家人都習慣開車，不過後來他們買了一架直升機，花了好幾個月的時間在他們的土地上建造停機坪。首先必須用泥土填平游泳池，再將新泳池挪到幾英尺外。他們也遷移了網球場，好讓直升機機場盡可能遠離屋子。

我父親動身去美國以前也在阿卡波可工作，在飯店裡當酒保。他回來墨西哥探望過我們幾次，可是之後就再也沒回來了。最後一次回來時，母親心裡清楚。

這是最後一次了，她說。

媽媽，妳說這話是什麼意思？

仔細觀察他的臉，好好看清楚，因為妳再也見不到妳爸爸了。我向妳保證，絕對錯不了。

她喜歡說我向妳保證。

我問她怎麼知道他不會再回來，她說，妳就等著吧，黛妃，妳就等著看吧，妳會發現我說得沒錯。

可是妳怎麼知道呢？我再問一次。

我們來看看妳能不能想出答案吧，她回答。

這是項測驗。母親喜歡出題，而想出為何父親不會再回來就是題目之一。

我開始觀察他。查看他在我們的小屋及花園四周做事的方式，跟在他身後，彷彿他是個只要我轉頭看別處就會偷走東西的陌生人。

有天晚上，我明白了母親說的沒錯。那天非常炎熱，就連月亮都讓地球上這一小塊地升了溫。父親在屋外抽菸，我走出去加入他。

天啊，這裡鐵定是地球上最熱的地方，他說著從口鼻同時呼出菸草的煙。

他伸出一隻手臂摟住我，皮膚甚至比我的還熱，我們可能會烙在一起。

然後他說出那句話。

妳和妳媽對我來說太好了，我配不上妳們。

我通過了母親的考題，拿了個A。

王八蛋，母親一次又一次咒罵他，年復一年。她再也沒叫過他的名字，此後他的代稱就是王八蛋。

和這山區裡很多人一樣，母親相信妖術。

但願風吹熄他心中的蠟燭。但願他的肚臍裡長出一隻超大的白蟻，或者耳朵裡長螞蟻，她說。但願他的陰莖被蟲吃了。

後來我父親停止從美國寄每月的生活費過來，我猜對他的錢來說我們也太好了。

當然美國到墨西哥的傳聞路徑是全世界最強大的傳聞路徑。你就算不知道事實也會聽到傳聞，而傳聞總是遠遠超過事實。

傳聞和事實，我會選擇傳聞，母親說。

傳聞一路從紐約一家墨西哥餐廳，傳到內布拉斯加州的屠宰場，再到俄亥俄州的溫蒂餐廳，然後傳到佛羅里達州的柳橙田，再到聖地牙哥的飯店，接著過河，起死回生地再傳到提華納的酒吧，再到摩雷利亞城外的大麻田，接著到阿卡波可的玻璃底船，然後到契爾潘辛哥的食堂，再沿著這條土路傳到我們家柳橙樹的樹蔭裡，說我父親「在那邊」另組了家庭。

「在這邊」的是我們的故事，但也是每個人的故事。

在這邊我們獨自居住在簡陋的棚屋中，擺滿母親多年來偷竊的各種東西。我們有幾十支原子筆和鉛筆、鹽罐及眼鏡，還有一個大塑膠垃圾袋裝滿她從餐廳偷來的小糖包。母親每次離開廁所，總會藏捲衛生紙在包包裡帶出來。她從不稱之為偷竊，但是我父親這麼認為。他仍和我們在一起時，他們經常吵架，他說他跟小偷一起生活。母親認為她只是借用，但我曉得她從來不曾歸還。她朋友都知道必須把所有東西藏起來。無論我們去哪裡，回到家時總有東西從她的口袋和雙乳之間，甚至頭髮裡變出來。她對於把東西塞進頭髮很有一套。我看過她從濃密的鬈髮中拉出小咖啡匙和線軸。有一次是她從艾絲黛芬妮家偷的士力架巧克力棒，她把那條巧克力棒塞進馬尾辮下面。她甚至連自己女兒的東西都偷，我已經放棄認為任何東西屬於我了。

父親離開後，嘴巴從不上鎖的母親說，那個王八蛋！在這邊我們失去了男人，從他們和他們的美國婊子那裡染上愛滋病，我們的女兒遭竊、兒子離家，但是我愛這個國家勝過自己的呼吸。

然後她非常緩慢地說出墨西哥這個詞，接著再一遍，墨西哥，像是把這個名詞從盤子上舔乾淨。

從小母親就教我祈禱得到某樣東西。我們總是那麼做，我祈求過雲朵和睡衣，也祈求過電燈泡和蜜蜂。

千萬別祈求愛與健康，母親說，金錢也不行。假如上帝聽見了妳真心想要的東西，祂就絕對不會給妳，我向妳保證。

父親離開時母親說，跪下來祈求湯匙吧。

2

我上學只到小學畢業，期間多半維持男孩的身分。我們學校是山丘下的一間小教室，有幾年老師根本沒露面，因為他們不敢來國內這一區。母親說想來這裡的老師肯定不是毒販就是白癡。

沒人相信任何人。

母親說每個人都販毒，包括警察，當然，還有市長，我向妳保證，就連該死的總統都是毒梟。

母親不需要人家提問，她都自問自答。

我怎麼曉得總統是毒梟？她問。他任由所有美國的槍枝進來。他為什麼不派軍隊駐紮在邊界阻攔槍枝，哼？而且不管怎麼說，哪樣東西拿在手裡最糟糕：植物、大麻植物、罌粟，還是槍？植物是上帝創造的，但槍枝是人類製造的。

我的同學都是我從小到大的朋友，一年級只有九個人。我最要好的朋友是寶拉、艾絲黛芬妮、瑪麗亞，我們都頂著短髮、穿著男孩的衣服上學，除了瑪麗亞。

瑪麗亞天生兔唇，因此她爸媽不擔心她被偷走。

母親談起瑪麗亞時說，月亮上唇裂的兔子從月亮降臨到我們這山區。

瑪麗亞也是我們之中唯一有兄弟的人。他的名字是米蓋爾，不過我們都叫他米奇。米奇比瑪麗亞長四歲，所有人都寵他，因為他是這山區唯一的男孩。

寶拉，如大家所說的，長得像珍妮佛．羅培茲，但姿色更佳。

艾絲黛芬妮的皮膚是有史以來最黑的。在格瑞羅州，我們大家膚色都非常深，但她就好像黑夜的碎片或是罕見的黑鬣蜥。而且艾絲黛芬妮又高又瘦，格瑞羅州人個子都不高，因此她有如鶴立雞群般顯眼。她看得見我永遠看不到的事物，甚至連很遙遠的東西都看得到，比方說順著公路駛來的車輛。有一次她看見一條黑紅白條紋的小蛇蜷縮在樹上，結果是條珊瑚蛇，那種蛇會喝熟睡母親的泌奶。

在格瑞羅州長大就會學到任何紅色的東西都很危險，因此我們知道那條蛇有害。艾絲黛芬妮說那條蛇直視她的眼睛。這件事她只告訴我、寶拉、瑪麗亞，只有我們三人（她最要好的三個朋友），因為她曉得那表示她遭到詛咒。而當然，她受到了詛咒，彷彿那條蛇是手持魔杖的邪惡神仙教母，對她說妳的夢想永遠不會實現。

瑪麗亞生下來就有唇裂，所有人都非常震驚。她母親露茲將女兒藏在家裡，她父親則走出大門，一去不回。

我母親喜歡指點每個人該做什麼，愛管人閒事，因此她走到瑪麗亞家去把嬰兒看個仔細。我知道這段故事是因為母親對我講過非常多遍。她看見小瑪麗亞躺在露茲的臂彎裡，蓋著一層白色的薄紗布。她拿起那塊布，俯視嬰孩。

她生來內外相反，好像內裡外翻的毛衣，只需要把她翻過來就好了，母親說，我會去診所替她登記。

母親轉身走下山，搭公車到契爾潘辛哥的診所，為瑪麗亞辦理出生登記。辦這個手續是為了讓地方診所知道鄉村地區有哪些孩子需要這類手術。每隔幾年會有醫生從墨西哥城前來免費開刀，但是患者必須在出生時先登記。

八年後才有一批醫生來到契爾潘辛哥，由一隊護衛士兵護送，以免他們被毒販的暴力衝突波及。當然到了這時候，我們都已經看慣了瑪麗亞的臉，為此有些朋友不希望她動手術。我們希望她快樂正常，但是她內裡外翻的臉龐讓我們敬畏神明，意識到可怕的懲罰，認為我們這關係緊密的圈子出了問題。她成為神話人物，如乾旱或洪水。大家把瑪麗亞當成上帝震怒的例證，醫生能夠處理上帝的憤怒嗎？我們很好奇。瑪麗亞澈底融入她的神話角色中，甚至看起來宛如由石頭刻成。

我們認為瑪麗亞力量強大，但我母親從不認為那是力量。

她沒事找事，遲早會出事的，母親說。

我和艾絲黛芬妮、寶拉三人覺得最糟的事早已發生在瑪麗亞身上，她才無所畏懼。好比艾絲黛芬妮看到的那條在樹上的蛇，瑪麗亞撿起一根長枝條去戳，直到蛇掉到地上。我們三人尖叫著躲開，瑪麗亞卻彎下身子把蛇撿起來，捏在拇指和食指之間。

她看著那條蛇說，你以為你長得醜嗎？哼，看看我的臉吧。

住手，別那樣，牠會咬妳的，寶拉說。

白痴，那正是我希望的，瑪麗亞說著把蛇扔到地上。

她叫每個人都是白痴，那是她最喜歡的用詞。

七歲時有一天放學後，我和瑪麗亞一起走回家。通常我們大家會一起離開學校，與母親在公路上會合，然後分頭走向各自的家。但那次，我不記得原因，只有瑪麗亞和我兩個人。學年即將結束，我們都很難過，因為來自墨西哥城待了一年的老師即將離去，新志願老師要到九月才來。在鄉下，人們仰賴城裡來的志願者。我們有志願的老師、社工人員、醫護人員。他們來此是當成必要的社會工作訓練的一部分。一陣子之後，我們學會了不要過於依戀這些人，如我母親所說，他們來來去去就像推銷員一樣，沒有貨物可賣，只會說你們必須。

我不喜歡從遠方來的人，母親說。他們根本不認識我們，卻一直告訴我們你們必須做這你們必須做那，你們必須這麼做你們必須那麼做。我會去城裡告訴他們那裡臭氣沖天，並且問他們，「嘿，哪裡有青草，天空打哪時開始變成黃的」嗎？這一切就像該死的羅馬帝國。

我不曉得她說這話是什麼意思，不過我確實知道她一直在看羅馬歷史的紀錄片。

我和瑪麗亞獨自走回家是在七月份。我記得那股炎熱與失去老師的哀傷，空氣非常潮濕，前進時我的身體萎頓無力。濕氣重到蜘蛛可以直接在空中織網，我們必須邊走邊揮開臉上的蜘蛛網和長而鬆散的蜘蛛絲，希望沒有蜘蛛掉進頭髮或罩衫裡。那種濕度讓鬣蜥和蜥蜴半闔著眼睛睡覺，連昆蟲也在沉睡，而那種熱度逼得流浪狗走到公路上尋找水源，牠們血跡斑斑的屍體在黑色柏油上留下污痕，從我們這山區一路到阿卡波可。

那天實在太熱了，因此瑪麗亞和我檢查過有無蠍子或蛇之後，一度坐到石頭上休息。永遠不會有男孩子想愛我，沒什麼好說的。我不在乎，她說。我才不想讓任何人亂碰我的臉呢。我媽媽說沒有男孩子會想要吻我。

我試著想像她接吻的情景，嘴唇貼在她裂開的唇上，舌頭伸進她殘破的口中。我問那是否表示她永遠不會有小孩，她說她母親告訴她，她永遠無法結婚或生孩子，因為絕對沒有男人會愛她。

我才不想被愛，所以誰在乎啊？瑪麗亞說。

瑪麗亞，我也不想被愛。誰想要啊？我覺得接吻聽起來很噁。

她轉過來凶狠地注視著我，我以為她打算吐我口水或者揍我一拳，不過，在那一刻，她愛上了我。

瑪麗亞目光凶狠地看著我是因為這裡每個人都凶狠。事實上，全墨西哥都知道格瑞羅州的人充滿怒氣，與躲在床上或枕頭底下的白色透明蠍子一樣危險。

在格瑞羅州，熾熱、鬣蜥、蜘蛛、蠍子支配一切，生命一文不值。

母親總是把這句話掛在嘴上，生命一文不值。她也經常引用那首著名老歌的歌詞，彷彿那是句祈禱詞，如果你明天要殺我，倒不如今天就下手吧。

母親將同一句話改編成各種新版本，我曾聽過她對父親說，如果你明天要離開我，倒不如今天就走吧。

我知道他不會再回來了。那樣也好，因為她真的會下手。她會用指甲、口水、切碎的髮絲煮一鍋燉菜，並在燉菜摻入她的經血、青辣椒、雞肉。她給了我那份食譜，不是寫在紙上，不過曾經告訴過我作法。

永遠要當掌廚的人，她說。絕不要讓別人為妳煮飯。

那鍋摻入指甲、口水、經血、切碎髮絲的燉菜味道會非常可口，她廚藝很棒。所以他不回來終究是件好事，她的彎刀可是一直保持鋒利的。

母親說她相信復仇。這是懸在我心上的威脅，但也是教訓。我明白她未來不會因為任何理由原諒我，這也讓我學會不原諒別人。她說這就是她不再上教堂的原因，即使她的確有喜愛的聖者，但是她不喜歡那些教人原諒的事。我知道她一天之中大多時間都在思考若是父親回來她要怎麼對付他。

我看著母親用彎刀割過高的草，用大石頭砸破鬣蜥的頭，或者刮除龍舌蘭葉上的刺，或是雙手扭斷雞脖子，彷彿她周遭的一切事物全是父親的身體。她在切蕃茄時，我曉得她是在將他的心切成薄片。

有一次她倚靠在前門上，身體緊貼著木頭，就連那扇門也化為我父親的背，椅子是他的大腿，湯匙及叉子是他的雙手。

有天瑪麗亞跑著來我家。我們兩家走路只需二十分鐘，穿過長滿橡膠樹和矮棕櫚樹的土地，那裡有棕綠色的巨型鬣蜥躺在太陽下的平坦岩石上。牠們可能會迅速轉身咬人，尤其當妳是個八歲女孩，穿著紅色塑膠夾腳拖蹦蹦跳跳跑過的時候。她一個人來，由於兔唇，她是唯一獲准外出的女孩。大家都知道沒有人會想要她，免費奉送都沒人要。人們一看到她就立刻退縮。看見她在我家前門出現，我就知道出了大事。

黛妃，黛妃！她大喊。

母親到契爾潘辛哥的市場去了。在那麼小的年紀，母親仍允許我們單獨待在家，只要我們保證不四處亂跑。一旦胸部出現一丁點隆起就不行了，從那一刻起，如果我們要外出，就得採取措施把我們變醜。

瑪麗亞張開雙臂走向我，然後擁抱我。看到她擺出這種姿勢很奇怪，因為她總是用一手遮住嘴巴。瑪麗亞用左手遮住半張臉，把手彎成杯狀圈住嘴巴，彷彿藏著祕密或是準備吐露什麼似的。

到底是什麼事？

她上氣不接下氣地停下來，仍氣喘吁吁。她在我身旁的地板坐下，我剛才在那裡把雜誌的圖片剪貼到習字簿上，是一項我非常喜愛的消遣。

醫生要來了。

我什麼都不必問。經過八年的等待，那些名醫，從墨西哥城醫院來的索費高昂的大醫生，他們終於要來契爾潘辛哥為畸形的孩子免費手術了。瑪麗亞描述，她放學到家一小時後，診所的護士出現在他們家。她抽了瑪麗亞的血液樣本，量了血壓，確保她準備好接受手術。他們星期六一早六點必須到診所。

再過兩天而已！我等不及要告訴寶拉了。

我突然想到瑪麗亞或許以為手術後她可以和寶拉一樣漂亮。雖然在我剪下的舊雜誌中充滿了電影明星和名模的臉蛋，但我知道她們與寶拉相比，無人有望勝出。即使寶拉的母親總是剪短她的頭髮，甚至用辣椒粉塗抹寶拉的皮膚，好讓她老是起紅疹，但是無論如何寶拉的美依然顯現出來。

星期六早上，母親和我到診所陪瑪麗亞的母親。艾絲黛芬妮和她母親也從她們家來了。瑪麗亞的哥哥米奇也在那裡。我意識到有好一陣子沒見到他了。他大多數時間都待在阿卡波可。十二歲的他在我眼中就像個大人。他像戴手鐲般戴著皮革護腕，我以前從沒看過，而且他剃掉了頭髮。

三輛軍用卡車停在診所外面，有十二名士兵站崗，他們臉上套著滑雪面罩，毛料的眼部開口上還戴著飛行員太陽眼鏡。他們頸後的汗珠閃閃發亮。士兵隊包圍住小小的鄉村衛生所，手中握著機關槍隨時準備好。

其中一輛卡車上有人釘了一塊牌子，寫著：**醫生正在為兒童動手術**。

這些措施是為了避免毒販突襲，把醫生綁架走。毒販綁架醫生有兩個原因：要嘛是他們自己有人需要動手術，通常是槍傷，要嘛是擄走墨西哥城的醫師勒索贖金。我們都知道除非有人保護，否則醫生絕不會來到這個山區。

我們想要通過士兵，但他們不准我們進診所，所以我們只得在轉角的露絲美容院等候。我們知道只有另一個孩子要接受手術，是個兩歲的男孩，天生多出一根拇指。兩年來這根多出的拇指是大家重要的話題，人人都有自己的看法。

事實上我們都清楚這山區畸形兒背後的原因。每個人都曉得用來除滅大麻及罌粟作物的毒藥噴劑正在危害我們的人。

手術前一天，母親一時氣話，說瑪麗亞應該保持原貌就好。而且，想想那個拇指男孩，他們為什麼不連他的手也切掉，這樣或許他長大後就會留在這裡。

我們站在美容院外面時，聽見遠處有聲響，像是牲畜狂奔或飛機飛得太貼近地面。不消片刻我們就認出那是運動休旅車的車隊。

守衛診所的士兵迅速移動，躲藏在卡車後面。

我們跑進美容院裡，急忙衝到房間後面，盡可能遠離窗戶。我迅速躲到水槽底下。

接下來整個世界靜止無聲，彷彿連蟲鳥狗兒都停止呼吸。

沒人說「噓——」。

我們預期子彈會開始亂飛。

主街也是穿過小鎮的公路，街上的每面牆、每扇窗、每道門都滿是坑洞。在我們這個坑坑疤疤的世界，沒人花工夫去填補彈孔或粉刷牆壁。

十二輛黑色運動休旅車迅疾駛過，飆得飛快，舉行賽車似的。窗戶塗黑，車頭燈亮著，即使現在是大白天。

我們可以感覺到速度的颼颼聲和周遭地面的震動。這批大型機器後頭留下塵土與廢氣的尾跡，捲起我們腦中唯一的念頭：千萬別停在這兒。

等最後一輛運動休旅車通過，四周安靜了片刻，大家豎耳聆聽，直到露絲說，沒事了，他們走了。那麼，誰需要打理頭髮？

露絲微笑，還說在我們等手術結果時，她會免費為每個人做指甲。

露絲是垃圾棄嬰。她的出生鐵定源自一個大錯，否則怎麼會有人把自己的寶寶當香蕉皮或臭雞蛋那樣丟到垃圾堆裡？

丟進垃圾堆和殺死自己的寶寶天殺的差別在哪？母親說。

我懷疑這問題是否又是個測驗？

差別可大了，母親自問自答。殺死至少還慈悲些。

露絲是希爾伯斯汀太太收養的垃圾棄嬰之一。希爾伯斯汀太太是來自洛杉磯的猶太婦人，五十年前搬到阿卡波可。當她聽聞有嬰兒被丟棄在垃圾堆後，就散布消息給阿卡波可所有的垃圾清潔工，讓他們知道她願意照顧這些棄嬰。過去三十年間，她撫養了至少四十個孩子，其中一個嬰兒就是露絲。

露絲出生在黑色塑膠垃圾袋中，袋裡裝滿髒尿布、腐爛的柳橙皮，三個空啤酒瓶，一罐可樂，一隻包在報紙裡的死鸚鵡。垃圾場有人聽見袋裡傳出哭聲。

露絲為我們擦指甲油，把洋芋片直接餵進我們口中，以免指甲油在未乾之際被弄糊掉。她幫我修過許多次頭髮，但這是我第一次塗指甲油，是我生平頭一次從事女孩樣的活動。

露絲將我的手輕輕握在手中，在每片未成年的橢圓指甲上塗抹紅色指甲油。擦到大拇指時，我想到相距只一條街外，那男孩正在切除他的拇指。

露絲對著我的雙手輕吹，吹乾指甲油。

妳也吹吧，她說，讓指甲快乾，然後別碰任何東西。

她從我身邊轉走，將我母親的手握在手中。

麗塔，妳要什麼顏色？

妳最紅的顏色。

在我看來，我的兩隻手美得不可思議。我把手舉到臉旁照鏡子。

這是什麼世界啊，母親說。這種日子真鳥。

窗外，透過被子彈擊碎的玻璃，我們可以看到戴著面罩守衛診所的士兵。他們正在撢去制服上的塵土。運動休旅車揚起了一小陣沙塵。我想像診所大門另一邊的景象，幻想在光線強烈的電燈泡底下，瑪麗亞躺在白色床單上，四周圍繞著醫生，臉被切成兩半。

母親的聲音再度從我身後傳來。

有時候我會想乾脆我也來種罌粟算了，反正其他人都在種，不是嗎？不管怎樣終歸一死，倒不如發財再死。

噢，麗塔！

露絲說話輕柔緩慢，因此她說麗塔時聽起來像麗——塔——。聽到有人用如此甜美的語調對我母親說話，我感到很高興。露絲的聲音能夠療癒撫慰人心。

妳覺得怎樣？母親問。

美容院裡的聲音安靜下來。我們都想聽露絲的回答。大家都曉得露絲比這裡其他人聰明優秀，而且她是猶太人，希爾伯斯汀太太將她所有的垃圾孤兒都教養成猶太人。

想像一下，露絲說，想想我的感受。我在十五年前開了這家美容院，取了什麼名字？我把店名取為幻想。我取這個店名是因為我的幻想，或者說夢想，是有所作為。我想把妳們所有人都變漂亮，讓自己身邊環繞芬芳的氣味。

由於露絲是垃圾棄嬰，因此她永遠擺脫不掉縈繞在心頭的爛柳橙氣味，人家早餐柳橙汁的味道。

可是我不是把大家變漂亮，而是怎麼樣呢？露絲問。

每個人都低頭看著塗了指甲油的指甲，沉默不語。

而是怎麼樣？

無人回答。

我得讓小女生看起來像男生，得讓少女看起來平庸，得把漂亮的女孩兒變醜。這是間醜容院，不是美容院，露絲說。

沒人能回應她的話，就連我大嘴巴的母親也答不上來。

瑪麗亞的母親望進美容院的窗戶。她透過破碎的玻璃說，他們開完刀了。瑪麗亞想見黛妃，她用指著我說。

把指甲油擦掉之前，妳哪裡也不能去，我母親說。

露絲將我拉向她，讓我坐在她腿上，然後卸除指甲油。丙酮味充斥我的嘴巴，在舌頭上留下檸檬的味道。

在隔成兩室的小診所內，前面的房間已改成手術室。一名護士與兩位醫生正在將手術器械收進手提箱。瑪麗亞躺在窗下的折疊床上，她的雙眼從捆紮的白紗布繃中往外看，宛如兩顆小黑石。她非常熱切地盯著我，我完全明白她在想什麼。我認識她一輩子了。

她的眼神說：那個男孩在哪裡？他的拇指切除了嗎？他還好嗎？他們怎麼處理那根拇指？

我替瑪麗亞發問時，護士回答那男孩在一個鐘頭前離開了，拇指切掉了。

那根拇指怎麼了？

會拿去焚化，護士回答。

燒掉？

對，燒掉。

在哪裡？

噢，我們現在把它冰起來，之後會帶回墨西哥城燒掉。

等我回到美容院，所有人的指甲油都卸掉了。顯然沒人打算冒險那樣子走出去，在我們的世界裡只因為妳的指甲塗成紅色，男人就認為他們可以把妳擄走。

我們步行回家時，母親問我瑪麗亞看起來怎樣。我說我看不到，因為她纏著繃帶，不過護士說手術進行順利。

別存指望，母親說。她會留下疤痕的。

我們小心翼翼地跨過連接墨西哥城與阿卡波可的公路，走上通往我們家的小路，我們的小屋蔭庇在一棵巨大的香蕉樹下。

我們走著走著，一隻大鬣蜥從灌木叢爬出來橫過小路。這動靜使我們低下頭，看見一長列鮮豔的紅火蟻正朝小路左邊前進。我們兩人都停下腳步張望四周，小路另一邊有另一列螞蟻往相同的方向走。

有東西死了，母親說。

她抬頭看，有五隻禿鷹在我們上方天空盤旋。那群鳥飛了一圈又一圈，下降到接近地面時又再升起。牠們的翅膀夾帶著死亡的氣味。

我們到家時，鳥群繼續在上空翱翔。

一進屋內，母親立刻走到廚房，從袖子裡拿出四小瓶指甲油。她將一瓶紅色及三瓶粉紅色的指甲油放到餐桌上。

妳偷露絲的指甲油？

我不知道自己為何感到驚訝，無論何時何地母親總會偷些東西，我只是不敢相信她竟然會偷露絲的東西。

閉嘴，去做妳的作業，母親說。

我沒有作業。

那閉嘴就好，母親說。去洗手，才可以再把手弄髒。

母親走到窗邊仰頭看天空。

是狗吧，她說。該死的禿鷹那麼多，不會是死老鼠。

3

我們仰賴母親當清潔女工的薪水過活。每星期五放學後，母親和我會走去公路旁等公車，搭一小時的車到港口。因為家裡沒有人可照顧我，所以無論她去哪裡我都得跟著去。

在瑞耶斯一家從墨西哥城抵達之前，母親必須拖地板、鋪床，在各處灑殺蟲劑以殺死螞蟻和蜘蛛，尤其是蠍子。

我還小的時候，她讓我負責灑殺蟲劑，殺蟲劑裝在噴霧瓶裡。母親清掃時，我就在角落、床下、壁櫥裡、浴室的水槽四周噴灑殺蟲劑。我的嘴巴會因此好幾天都有股怪味，彷彿吸吮了一條銅線。

我們在車庫後面有間傭人房，母親經常用繩索把我綁在床上。這麼做是為了方便她完成工作，不必擔心我可能到處亂跑，掉進游泳池。她將我綁在床上幾個鐘頭，給我一條白麵包、一杯牛奶，還有一些蠟筆和紙。

有時，她會從屋子拿些書讓我讀，通常是介紹世界上宏偉宅第的建築書，或是有關博物館的書。

當然母親也偷竊瑞耶斯家的東西。星期天晚上，在回家途中我會看看她拿了什麼。當公車在熱燙的柏油路上行駛，奔向紅色昆蟲與女人組成的國度時，她會慢慢從口袋裡拿出東西來查看。

在昏暗的公車上，我看著她從罩衫拿出鑷子，從袖子取出三根紅色的長蠟燭。

一天晚上，反向駛來的車子燈光照亮車內時，母親遞給我一小袋巧克力蛋。

喏，這些是為妳拿的，她說。

我在公車上吃著巧克力蛋看向窗外，望進公路邊上成排的茂密叢林。

瑪麗亞動兔唇手術後，一切都改變了。要不是因為瑪麗亞，我們從診所走回家，可能就不會注意到禿鷹盤旋在我們房子上方。

我要去查一下是什麼死了，母親說著離開她仰望天空的窗口。

妳待在這裡，她說。

我聽著iPod裡的音樂，那臺iPod也是她從瑞耶斯家偷來的。等了約莫一小時她才回來。

她看起來憂心忡忡，一直拉扯左側的頭髮，亂髮從一大簇鬈髮翹了出來。我拉出耳塞式耳機，拉開洋基老爹的聲音。

她說，黛妃，聽著，外面有個死人，我們得埋了他。

妳這什麼意思？

外面有具該死的屍體。

什麼人？

他光著身體。

光著身體？

妳必須閉上眼睛，幫我把他埋進地裡。去拿些湯匙，大支的，然後換掉那身衣服，我到屋子後面去拿鐵鍬。

我站起身脫掉早上穿去診所的乾淨衣服，換上舊牛仔褲和T恤。

母親拿著我們平常挖蟻丘用的鐵鍬回來。

好了，她說，跟我來。

我跟在母親身後，數了上方有五隻禿鷹。我們走路的時候，母親發出氣喘吁吁的聲音，像是要喘不過氣來。幾分鐘後我們到了屍體旁。

這離我們家太近了吧，我說。

妳說得沒錯，這真的天殺的太靠近我們的屋子了。

對。

他是被丟棄在這裡的。

他是誰？

妳看他覺得眼熟嗎？

不覺得。

在這片土地，出門散個步就可能發現大鬣蜥、結實纍纍的木瓜樹、巨大的蟻丘、大麻植物、罌粟，或屍體。

那是具年輕男孩的屍體，看上去約莫十六歲。他仰臥在地上，望著太陽。可憐的東西，母親說。

太陽會灼傷他的臉。

沒錯。

他的雙手被砍斷，一根根白色與藍色的血管從血淋淋的手腕露出來，掉進土裡宛如腫脹的蠕蟲。

他的額頭上刻著字母P。

一張字條以大支的安全別針別在他的襯衫上，別針上有粉紅色的塑膠釦，就是尿布用的那種。

字條上是不是寫著我所想的話？母親開始挖土邊問。上面是不是寫著：寶拉和兩個女孩兒？

對，上面寫的正是這句。

妳，到這邊來，開始挖，我們得快一點。

禿鷹在上方盤旋，我們用鐵鍬、大湯匙、雙手挖掘。

再深一點，再深一點，母親說。我們必須挖深一點，否則動物會在夜裡把他拖出來。

我們挖了兩個多小時，地上跑出透明的蠕蟲、綠色甲蟲、粉紅色的石頭。

母親掘著土，不時地驚慌回頭張望。我感覺有眼睛盯著我們，她低聲說。

任由叢林照料這具屍體難道不會比較好嗎？我問。儘管嘴上這樣問，我心裡知道答案。警方與毒販密切注意禿鷹的行動，母親說那些鳥是附近最好的線人。她不希望有人前來四處打探，察看她的女兒。

待洞挖得夠深，我們將屍體拖進洞裡，再用泥土掩起來。

我查看自己的雙手。泥土已深入指甲，沒有幾個星期是洗不掉的。

我們埋完之後，母親說，我從沒想過妳生來就是為了和我一起埋葬死掉的男孩，這可不在我人生的預言當中。

母親約莫二十歲的時候，有一次到阿卡波可，付錢請一位算命師預言她的未來。這位算命師在阿卡波可主街的兩家酒吧之間租了一小塊空間。母親告訴我，她是受到那個女人的招牌吸引，上面寫著：不曉得自己的命運才是不幸。

母親經常看到來自世界各地的觀光客付費聽那女人的預言，她認為自己非去不可。過了好些年母親才鼓起勇氣走進去，付錢聽她的命運。

我只是個鄉下來的印第安人，母親說。可是那女人親吻我的錢，低聲對我說，錢不分國家種族。一旦錢進入口袋，我就分不出是誰給的了。

母親時常提起這次經歷。那位算命師沒有預測到任何事情，所有發生在母親身上的事總是會被加上這句標註：這可不在我人生的預言當中。隨著時光流逝，母親的失望逐漸加深，因為她意識到那女人的預言沒有一樣成真。

黛妃，記住我的話，母親說。哪個週末我們到阿卡波可時，一定要去找那個算命師，我要叫她把我的錢還來。

將最後一堆土拋到男孩的屍體上後，母親說，我們來禱告吧。

妳來說吧，我回答。

跪下來，這次禱告很重要，母親說。

我們兩人跪在白色蠕蟲、甲蟲、粉紅色的石頭上。

在歡慶瑪麗亞修復嘴唇和小嬰兒切除多餘拇指的日子，這個年輕的男孩出現了。我們祈求降雨，阿門。

隨後我們起身走回屋子。

在廚房水槽洗手時，母親說，對了，黛妃，我要去跟寶拉的母親說一聲。我一定要說，她得知道才行。

母親站在廚房水槽前，從口袋拿出別在屍體上的字條，然後劃根火柴點燃那張紙，寶拉的名字化成灰燼。

寶拉從未見過她的父親。想想看在某處有個男人壓根兒不知道他生了全墨西哥最漂亮的女孩兒。

寶拉的母親康恰從未告訴別人寶拉的父親是誰，不過我母親有自己的推論。康恰以前在阿卡波可一戶有錢人家當女傭。

康恰遭到解雇的那天，她回到山區帶著兩樣東西：肚子裡的寶寶和手中的一捆披索。沒什麼比無父的女兒更悲慘，母親說。這世界會把那些女孩生吞活剝。

我們洗完手，母親和我走去寶拉家，她家在公路邊緣，走過去不遠。

母親向康恰講述屍體的事情時，我和寶拉坐在一起。十一歲的寶拉仍瘦得像根竹竿，不過無損美貌。無論她走到哪，人人都轉身盯著她看。每個人都看得出來接下來會發生什麼事。

從她們家出來之後，母親和我走到公路上，加油站旁的商店營業到很晚，她買了半打啤酒。這天她沒吃東西，只喝啤酒。

寶拉的母親怎麼說？我問。

沒說什麼。

她很害怕嗎？

怕得要死。她明天早上就會死了。

什麼意思？

我不知道，這些話就是脫口而出。

隔天早晨，我去上學時，母親仍在睡覺。我端詳她的臉龐，沒看到我自己的映像。

4

我們從來沒告訴別人罌粟田的事。

瑪麗亞動兔唇手術的一年前，我們發現了罌粟作物。我之所以記得是因為那天瑪麗亞掩著嘴巴說，我怕花。

一天我和艾絲黛芬妮、寶拉、瑪麗亞決定去散步。這是踰矩的行為，因為家長從來不許我們獨自亂跑閒晃。某個星期六下午，我們從艾絲黛芬妮家出發。

艾絲黛芬妮家擁有真正的房子，有廚房、客廳、三間臥室。艾絲黛芬妮和她母親奧格絲塔，以及兩個妹妹瑪奴艾拉、多蘿蕾絲住在一起。在這山區只有艾絲黛芬妮的父親每年從美國回墨西哥，並且每月寄錢給她們。多虧了他，這山區才有電，因為他付了大筆的錢請人弄好。艾絲黛芬妮的父親在佛羅里達當園丁。我們也知道他曾在阿拉斯加的漁船上工作過。在佛羅里達，他大多數時候受雇於美國人，不過也為逃離暴力的墨西哥富人工作。他說這些墨西哥人很多都是綁架的受害者。

艾絲黛芬妮擁有許多美國玩具，她有一只在黑暗中會發光的仙子手錶，和一個會說話嘴唇甚至會動的塑膠娃娃。

他們的廚房裡有微波爐、烤麵包機、電動榨汁機，整間屋子都裝設了天花板燈，全家每個人都有電動牙刷。

艾絲黛芬妮家是我母親很愛聊的話題，在她猛灌下第三瓶啤酒後，我知道她只會談艾絲黛芬妮家的房子或我父親。

他們該死的床單和床罩是成套的，毛巾也和地上的圓地毯相搭。妳注意過他們的餐盤和餐巾是一套的嗎？她說。在美國，所有東西都必須成套。

我必須承認她說的沒錯，就連她家三姊妹也總是穿著相搭的服裝。

瞧這泥土地面，她說。妳看看，妳爸爸不愛我們，連一袋水泥都沒買。他要我們和蜘蛛、螞蟻走在一起，要是蠍子咬死妳，都要怪你爸。

一切都是他的錯。如果下雨，就是他蓋了會漏雨的屋頂。若是炎熱，就是他把這屋子蓋得離橡膠樹太遠。要是我在學校的成績差，那是因為我是他女兒，和他一樣蠢。倘若我打破水杯之類的東西，就是和他一樣笨手笨腳。如果我話說得太多，就是和他一個模子出來，從來不閉嘴。若是我保持沉默，就是完全像他，自以為高人一等。

某天，艾絲黛芬妮的母親感冒了，把自己關在房間裡，於是我和瑪麗亞、寶拉、艾絲黛芬妮四人決定出去走走。

我們去探險吧，瑪麗亞說。她的聲音模糊不清，因為那時候她的手總是遮住嘴巴和從兔唇裸露出來的紅色肉。

我們往墨西哥城的方向走吧，寶拉說。她總是想著要去墨西哥城，那是我們所有人一看墨西哥地圖就可以立刻找到的地方，我們的食指能夠指出它位在全國中央的位置。假如墨西哥是具人體，墨西哥城就是肚臍。

我們從艾絲黛芬妮家出發，排成一直線走，穿過領我們更深入繁茂叢林的鬣蜥小徑。我殿後，瑪麗亞領頭，一手遮住嘴。寶拉看起來很漂亮，即使她母親用黑色麥克筆塗黑她的牙齒，麥克筆的墨水流得到處都是，所以連她的嘴唇都染黑了。艾絲黛芬妮走在我前面，穿著一套粉紅色T恤及短褲。她已經長得非常高了，因此看起來比我們其他人年長好幾歲。一面打量我這三位朋友，我不禁想知道，那我呢？我長得什麼樣？

妳長得就像妳爸爸，母親說，棕髮、棕眼、白牙、棕紅色的皮膚。（有位老師曾告訴我們，格瑞羅州人是非裔印第安人。）

我和瑪麗亞、寶拉、艾絲黛芬妮朝墨西哥城的方向走，由公路往上爬，爬到比我們家高的地方，慢慢感覺到叢林逐漸稀疏，太陽開始曬得頭頂發燙。我們邊走邊低頭注意腳下，不想踩到蛇或什麼有毒的生物。

一有辦法，我就要離開這個可怕的叢林，寶拉說。

我們其他人心知，倘若有誰能夠脫離這裡，絕對會是擁有電視廣告明星臉蛋的寶拉。

彷彿越過了邊界，剎那間我們離開了過度保護的叢林世界，抵達一片空地。陽光很烈，我們站在絢麗的淡紫與黑色前面，一大片田地以及由罌粟構成的篝火堆，出現在我們眼前。

這地方似乎已經荒廢，只有一架墜毀的直升機，一團殘缺不全的金屬棧板與螺旋槳葉橫七豎八在罌粟花當中。

花田聞起來有汽油的味道。

瑪麗亞的手悄悄滑入我的手中，我不需要轉身看她，便知道那是她冰涼如蘋果皮的小手。我們在黑暗中甚至夢中都能夠認出彼此。

沒人需要說，安靜點，或噓，或者我們離開這裡吧。

我們回到艾絲黛芬妮家時，她母親仍在睡覺。我們四人進入艾絲黛芬妮的臥室，關上房門。

我們全都熟悉軍用直升機從遠方接近的聲音，也清楚巴拉刈混合著木瓜與蘋果香味的氣味。

我母親說，那些騙徒被買通了，他們收了毒販的錢，沒把該死的巴拉刈灑在罌粟上，所以就隨便扔到山區其他地方，投到我們身上！

我們還知道種植罌粟的人在作物上方張掛金屬絲，好讓直升機墜毀，或者有些時候，乾脆用來福槍和AK－47步槍擊落直升機。那些軍用直升機必須返回基地報告已經投下除草劑，因此他們便將之隨意扔到其他地方。他們並不想接近罌粟田，去那裡肯定會遭擊落。當直升機飛過，在我們屋子上方丟棄除草劑時，我們在每樣東西上都聞得到阿摩尼亞的氣味，眼睛會灼痛好幾天。母親說這是她總是咳個不停的原因。

我的身體，是軍方該死的罌粟田，她說。

在艾絲黛芬妮的房間裡，我們全都保證這是我們之間的祕密。

瑪麗亞和我已經有個祕密，與她哥哥米奇有關。米奇擁有一把槍。

我母親總說米奇是個爛人，生在這個世界上就是為了粉碎女人的心。她說打他生下來的一刻她就知道了。

瑪麗亞生來就撞上神那天給出的所有霉運，上帝甚至給了她一個不配當任何人哥哥的兄長。

米奇告訴我們，他是在公路旁發現了那把槍，裝在爆開的黑色大塑膠垃圾袋裡。那把槍就在破碎的蛋殼當中，槍身的金屬閃閃發光，裡頭仍有兩顆子彈。

我相信他，我知道在垃圾袋裡什麼都找得到。

5

父親可以抓住蛇尾把蛇提起，再扭斷成兩半，像在撕一片口香糖。他刺耳的口哨聲讓鬣蜥匆匆逃離叢林小徑。他總是哼唱著某首曲子。

可以唱歌幹嘛說話？他說。

他兩根手指間總是夾著香菸，一手拿啤酒，頭上戴著窄沿的草帽。他討厭和其他人一樣戴棒球帽。

每天早晨他走到公路上，搭廉價公車到阿卡波可，他白天在阿卡波可海灣飯店當游泳池畔的酒保。我母親會將乾淨、熨燙好的襯衫和褲子放在超市的塑膠袋裡，那是他上班時要換穿的衣物。

一天當中，我經常觀察母親。隨著時間推移，她變得愈來愈興奮，到八點時，她曉得公車已經把他在路邊放下，他正走上山朝我們而來。我看著她抹些口紅，換上乾淨的連身裙。在看到人之前，我們就先會聽到他，因為他會哼著歌，聲音透過幽暗的香蕉及木瓜樹叢傳到我們耳中。

等他終於站在門口時，他會閉起眼睛，張開雙臂。我會先擁抱到誰呢？他問。永遠都是母親先。她會重重踩我的腳，推我的背，或甚至絆倒我，不讓我先到他身邊。

他會坐在靠近廚房的小邊間裡，那兒有點像客廳，我們在裡頭可以遠離蚊子，他會告訴我們他為歐美遊客供應酒水和可樂的一天經歷。偶爾他會為肥皂劇明星或政治家服務，這類故事是我們最感興趣的。

隨著歲月流逝，我母親變得愈來愈易怒，而且開始酗酒。我記得那差不多是在瑪麗亞動兔唇手術一年後，有天晚上她話說多了。

妳爸和寶拉的媽媽康恰，還有艾絲黛芬妮的媽媽，及這一帶所有的女人都上過床。沒錯，他和我每一個朋友都搞過，一個不漏。我來告訴妳最近他和誰相好吧，是露絲，她說。母親再拿起一瓶啤酒，咕咚咕咚地喝下一大口。她的眼睛在我看來幾乎像鬥雞眼。

所以呀，黛妃，不如也讓妳了解一下妳溫柔親愛的爹地的真相吧，全部的事實。

拜託，媽媽，別再說了。

別說妳媽沒告訴妳真相。

然後她突然流下眼淚，痛哭流涕，哭得像個淚人兒。

妳倒不如知道全部的真相，她啜泣著說。

我不想知道更多了，我說。

還有瑪麗亞的媽媽，他也和瑪麗亞的媽媽睡過，聽我說，那是詛咒。我告訴妳爸爸，瑪麗亞的兔唇，那張兔子臉，野兔臉，是上帝的懲罰。

我整個人僵住了，僵得像是看見近乎透明的白色蠍子在床上方的牆壁上，僵得彷彿看見有條蛇蜷縮在咖啡罐後面，有如放學跑回家時等待直升機將灼熱的除草劑傾倒在全身上下，猶如聽見運動休旅車駛離公路的聲音，那轟隆聲幾乎像獅子吼，即使我從未聽過獅子的吼聲。

媽媽，妳到底在說什麼？

噢，我的天啊，母親摀著嘴巴說。

她看來像是把話語吐進手掌，宛如那是橄欖核或李子籽，或是一塊嚼不動、嚥不下的肉，彷彿她想在話語跑進房間傳到我耳裡之前，把話抓在手中。

話語進入我體內時宛如是從螺旋彈簧傳來。我的身體是座彈珠檯，話語如同金屬珠子乒乒乓乓沿著我的四肢和頸部衝上衝下，直到掉進我內心的中獎洞裡。

別用那種眼神看著我，黛妃，母親說。嘿，少一副不可一世的樣子，好像妳完全沒聽過這些流言蜚語。

但是她非常清楚我對父親的作風或說這些事蹟毫不知情。她很清楚，她是醉鬼但不是傻子，她知道她剛才扼殺了我心目中的爹地，這無異於用子彈射穿他那顆「爹地只愛我」

的心。

我的反應是回她，給我啤酒，別跟我說我年紀太小。

妳才十一歲。

才不，我十二歲了。

不，妳十一歲。

她打開一瓶啤酒遞給我，我學她的喝法一飲而盡。我看過她這麼喝好幾百次，而那是我頭一次喝醉。我很快就學到只要一點酒精就能解決所有問題。喝醉了就不在乎大隊蚊子把妳的兩條胳臂咬得體無完膚，或者蠍子螫妳的手，或者妳父親是個撒謊的混帳，而妳那顏面殘缺的好友，原來是妳同父異母的姊妹。

現在我明白了為何母親總喜歡說她在瑪麗亞出生時快步走去探望她，那是為了去察看嬰兒長得是否像我父親，結果當然相像。瑪麗亞長得和我父親一模一樣，或許這也是瑪麗亞的父親離家的原因。也許根本不是兔唇嚇跑他，或許他想的是他才不要花下半輩子餵養他老婆情夫的孩子。

當晚我爹地一路唱著歌下班回家，發現老婆女兒醉到不省人事。

隔天早晨我醒來，發現母親坐在窗邊廚房凳子上。我猜他看了我們一眼，然後那晚深夜，聽我母親咆哮述說她告訴了我什麼事以及理由。她肯定說，你以為我們要欺騙她一輩子？你以為你是阿卡波可的法蘭克．辛納屈，為人送上插了愚蠢塑膠小傘的瑪格麗特酒嗎？

我收藏了一大堆五顏六色的雞尾酒紙傘，是父親歷年下來帶回來給我的。他還帶給我夜光的雞尾酒攪拌棒，幫我貼在床鋪周圍，讓我能夠看它們在夜裡發光。偶爾他也給我美鈔，他從美國觀光客那裡拿到的。我存了三十美元，藏在我房間的阿奇漫畫書裡。

知道瑪麗亞是我同父異母的姊妹後，我對米奇的感覺便不同了，讓我對他有了兄妹般的情感。從那時起，我每年都送他生日禮物。

不久之後，我父親到美國去找工作，他只再回來幾次就一去不復返。他留下的紀念品僅有：架在我們這一小塊土地上最高棕櫚樹上的碟形衛星天線、一臺大平面電視，當然還有，瑪麗亞。

我應該在肉店被剝皮，吊在掛鉤上，母親說。

那是我爹地頭一次離家，他甚至沒有喚醒首次喝醉睡著的我道別。

他沒和妳道別是因為他無法直視妳的眼。法蘭克．辛納屈就那樣偷偷溜出這裡，好像一隻恥於當狗的老流浪狗，母親說。

她告知我們所有的朋友他離開家甚至沒和女兒告別。

兩個月後，我們從美墨傳聞工廠聽說他去到了邊界，設法渡過了提華納的河川，到達聖伊席卓入境口，躲在卡車後方車輪與保險桿之間的假地板底下，然後順著五號州際公路進入美國。

消息傳回我們耳中，說他一越過邊界，深入德克薩斯州，就開始唱歌，一首接一首。母親和我只憑這點證據就確定傳聞都是真的。

父親越過國界後到了佛羅里達州，在那裡擔任園丁。聽見這消息，我母親往地上啐一口水說，園丁！那個騙人的王八蛋根本一點也不懂園藝。

我們兩人試著想像他拿著鐵鍬或耙子栽種玫瑰的模樣。他可以說服哄騙自己成為任何人。

他離開大約三個月後，終於匯些錢給我們，母親一時說不出話來。我花了一段時間才弄明白是什麼令她語塞消沉。父親匯的錢並非來自佛羅里達州那些聽起來很迷人的城市，例如邁阿密、奧蘭多或棕櫚灘，而是一個叫做波卡拉頓的城鎮，這令我母親難以承受。

她說，他離開這裡，結果去了老鼠嘴*？

*波卡拉頓實位於佛羅里達棕櫚灘，但原文Boca Raton在西班牙文裡直譯是老鼠嘴。

6

下一學年，我們從墨西哥城來了一位叫荷西．羅沙的老師。他正在做社會服務，被發派到我們學校教書。我們努力不過分依戀這些來來去去的陌生人，可是有時候非常困難。荷西．羅沙是個二十三歲的帥哥，被送進我們這個女人的世界裡。

我和寶拉、艾絲黛芬妮、瑪麗亞看著我們的母親愛上這位年輕教師。每天早上母親會在我們的便當袋裡放入送給他的食物，或是在學校附近閒晃。

這也是我和寶拉、瑪麗亞、艾絲黛芬妮首次抗議被打扮得毫無魅力，或是穿得像男孩子。我們想要荷西．羅沙的目光，把我們當女人看待。

唯一抗拒他的人是艾絲黛芬妮，她是頭一個看見他沿著小徑走到我們學校的人。我們學校只有一間教室，位在叢林中垂死的橙樹下。她看見他身穿城市人的衣服，理著城市人的髮型，以城市人的步態行走，然後她聽見他用城市人的語調說話。

誰會得到他的城市人之吻？誰會得到他的摩天樓之吻？艾絲黛芬妮問。

艾絲黛芬妮是唯一到過墨西哥城的人。事實上，她去過墨西哥城很多次。她母親生病了，所以他們每隔幾個月就得去看醫生。艾絲黛芬妮的母親差點就死了。我們大家都非常擔心，因為艾絲黛芬妮當時才九歲。艾絲黛芬妮的父親離家到美國阿拉斯加的漁船上工作，不在身邊幫忙。艾絲黛芬妮說她母親就是日益消瘦，無論多麼努力設法增重都無效，而且黝黑的膚色逐漸變成銀白色。

然而故事的真相是艾絲黛芬妮的父親沒帶回阿拉斯加國王鮭、虹鱒，或北極紅點鮭的氣味和滋味，也沒帶回一袋松針或是灰熊的照片或一根鷹羽。他帶回了愛滋病毒，傳染給艾絲黛芬妮的母親，宛如送她一朵玫瑰或一盒巧克力。

在契爾潘辛哥有間食堂，門上有許多彈孔，從圓圓的瘡口就能看見昏暗的酒吧內部，在食堂隔壁有家診所，付二十披索就可以做愛滋病篩檢。那些男人往返美國，他們的女人年年走經食堂去檢測愛滋病。有些人並不想知道，她們就祈禱。

當艾絲黛芬妮的母親被診斷出愛滋病，她的丈夫就離開了。他來回掌摑她的臉三次，罵她婊子。他說她得愛滋病是因為她出軌。我們大家都知道這是不可能的事，這個山區根本沒有男人。

此後，艾絲黛芬妮的家，曾是我們人人羨慕的房子，就開始分崩離析。家用電器故障，但艾絲黛芬妮的母親仍保留著。玩具壞了，成套的毛巾和地毯也磨損了。

艾絲黛芬妮吹噓她見過很多城市的男人，因為她跟母親一起去過墨西哥城，所以對我們的新老師並不希罕。事實上，她經常說我們老師荷西．羅沙沒有她見過的其他男人英俊。

那個熾熱的八月早晨，荷西．羅沙走進我們教室時，我們仍能嗅到他身邊環繞的城市味道，汽車、廢氣、水泥的氣味，而且他非常白皙。

他看起來像一杯牛奶，瑪麗亞說。

不對，好像電影明星，寶拉說。

才不是呢，艾絲黛芬妮反對，他看起來像蠕蟲。

他向我們每個人自我介紹，和我們握手。我握到的他的手仍然屬於城市，感覺涼爽乾燥，沒剝過芒果皮，或剖過木瓜。他還戴了頂草帽，稍後他告訴我們那是巴拿馬草帽，我們都覺得那帽子很雅致。除了我父親，他是我們所見過第一個不戴棒球帽的男人。荷西．羅沙有一頭非常鬈曲的黑髮與淺棕色的眼睛，睫毛很長，朝眉毛捲翹。

母親看到他時說，哎呀，黛妃，我們最好開始幫他也挖個洞。

開學第一天，我們會和母親一起到校註冊，正式會見新老師，這是新學年開始我們例行的程序。在見到新老師的第一天，我們以原本的樣貌現身，邋裡邋遢，而且因為出身叢林，所以看起來像是木瓜樹、鬣蜥、蝴蝶的親戚。

在見過戴草帽的荷西．羅沙後，一堆人急忙衝去露絲的美容院。我們看著自己的母親去洗頭剪髮。鬈髮的母親想燙直，直髮的母親想燙鬈。唯有我母親堅持要把黑髮染成金色。

露絲非常高興，因為她一直努力說服大家改變髮色。

我們坐在髮廊椅子上轉來轉去，或透過美容院滿布彈孔的窗戶看大客車駛過，一面瞧著露絲為母親改頭換面。我們也渴望做頭髮塗指甲油，但是遭到禁止。

當露絲拿開我母親濕髮上的毛巾，她的黑鬈髮已變成黃鬈髮。美容院驀地變得一片寂靜，大家目不轉睛地盯著她棉花糖般的黃髮。

開學第二天，人人看起來都像是為了耶誕節盛裝打扮。每位母親的棕色臉龐都塗滿了化妝品和唇膏。艾絲黛芬妮的母親甚至戴了假睫毛，看上去好像一根根觸鬚從她疲倦、病懨懨的臉龐冒出來。

荷西·羅沙的到來彷彿一面巨大的鏡子掉入叢林中，我們注視他的時候，其實是在看自己。我們所有的瑕疵、肌膚、疤痕，甚至從未注意到的缺點，都在他身上看到。

我母親是第一個邀請他到家裡吃晚餐的。當他發現我懂文法，大概不會相信吧。我還知道狀聲詞和誇飾法呢，她說。我確實知道對吧？

她花了一天的時間清掃骯髒的地板，擦去所有東西上的灰塵。自從父親離開，她就不曾打掃過屋子。

我能理解為什麼父親會離開這個家、這座叢林，離開我母親（即使那時她尚未變成易怒的酒鬼），但我永遠無法理解他怎麼會離開我。

當荷西．羅沙來到我們乾淨的房子時，我們坐在屋外的木瓜樹下；母親和荷西喝啤酒，我喝可樂。母親遞給荷西．羅沙整瓶啤酒，沒有給他玻璃杯。在格瑞羅州，大家都直接拿著瓶子喝。

荷西的造訪都在抱怨我們山區的事。他不明白為何我們從不用水杯，或者為何我們明明有房子，但夜間幾乎總是睡在屋外。我們靜靜地聽他抱怨我們家家戶戶都有家電，比方說電視、衛星天線、洗衣機，卻沒有家具，而且仍住在泥土地面上。

荷西．羅沙談論我們給燈接電的方式，那其實是違法的，因為我們是從公路上的燈柱引電，再將電線沿著小徑穿過樹林過來。他無法理解我們為何常吃牛肉，少吃蔬菜水果。他滔滔不絕地說，甚至說學校附近的大蟾蜍是他見過最醜陋的動物。他受不了占據他小屋的巨大黑螞蟻，另外當然，也無法忍受酷熱。

目前已變金髮的母親聆聽這一切，喝著一瓶又一瓶的啤酒。她臉上的化妝品似乎因為出汗而脫落，流到脖子上。等到她的口紅沾染上第五瓶啤酒的瓶口時，荷西．羅沙表示即使天氣這麼炎熱他還是非穿襪子不可，因為畢竟他從小就穿襪子，她聽了不大高興。

接著他說了那句話。

他說，你們大家怎麼有辦法過這樣的日子？生活在沒有男人的世界裡？怎麼過？

母親深吸一口氣。感覺似乎連地上的螞蟻都停止動作。荷西．羅沙的問題停滯在酷熱潮濕的空氣中，彷彿說出的話可以懸浮，我能伸出手去觸摸怎、麼、過三個字。

羅沙先生，你看過電視嗎？母親以過分緩慢的語調問，那是她生氣時慣用的說話方式。

她將空啤酒瓶放到旁邊的地面。

我數了數她身旁地上的六只空啤酒瓶，有些瓶子已經有黑色的大螞蟻鑽進鑽出。

你們男人還不明白，是吧？她說。這是女人的國度，墨西哥屬於女人。如果你看電視就看過那個介紹亞馬遜的節目。

那條河嗎？荷西．羅沙問。

她告訴他女戰士的故事，以及亞馬遜這個詞彙的意思是沒有胸部。

我母親富有「電視知識」，她自己這麼稱之。

不，我不知道這個故事，荷西．羅沙說。

你得看看歷史頻道啊，老師先生。我們總是看歷史頻道，對吧，黛妃？

荷西．羅沙不想談論希臘人，或者讓人知道他對亞馬遜一無所知。

對呀，那很有意思，不過男人在哪裡呢？他問。妳知道他們究竟去哪裡嗎？

噢，我們知道啊，他們不在這裡。

母親站起身，走進我們兩房的屋子裡。實際上她並不是走路而是滑行，穿著塑膠夾腳拖的兩隻腳過於往前滑，因此腳趾蜷縮在拖鞋前端如同爪子。

在這裡等著，別動，她說完便消失在我們酷熱而原始的水泥屋子的陰影中。

這是荷西．羅沙和我頭一次獨處。他親切地看著我，以城市人的嗓音問，她經常喝那麼多嗎？我一向覺得城市人的嗓音聽來帶著異國風情。

我曉得母親因為啤酒和炎熱，進屋後就昏睡過去了。我能從她走路的樣子判斷出來，現在她那頭濃密鬈曲的金髮正壓在角落小折疊床的枕頭上，要到三更半夜才會醒來。

跟我來吧，我想給你看樣東西，我說。

我們兩人站起來，老師跟著我繞到小屋後面。

我說，那裡，你瞧，這是啤酒瓶的墓地。

我母親丟棄的成百上千的褐色玻璃瓶堆積成山，上面蜜蜂成群，荷西．羅沙一看見這景象就屏息靜立住了。

在啤酒瓶墓地右邊是我們的晾衣繩，綁在兩株木瓜樹之間。母親清掃了房子卻忘記收晾衣繩上的衣服。荷西．羅沙看到我們黃色、粉紅色的內衣疲軟地吊在無風的空氣中。這些內褲滿是破洞，有些褲襠處泛褐，由於母親過度刷洗經血污漬而磨薄。

妳究竟幾歲？我們轉身繞著屋子走回去時荷西．羅沙問我。他會使用究竟和相當等似乎是彬彬有禮、合乎體統的城市人的用詞。

我該走了，他說。

我母親一喝多，每個人就馬上想離開，我已經習以為常。

嗯，她現在睡著了，我會陪你走到公路。

有我陪他一起走，他鬆了一口氣。我曉得城市人畏懼叢林，而他似乎比多數人更害怕。

你為什麼來這裡？我問。我們順著陡坡走向公路，他住在露絲美容院上面的小房間裡。

我注意他的動作，他努力避免那雙城市人的繫帶黑皮鞋踩到大隻的紅火蟻，反覆低頭看著雙腳再抬頭看樹叢。正值夜暮降臨，許多蚊子停落在他的頸部和雙臂上，他試著揮開。

叢林知道我們之中有個城市人。

到了公路，我告訴他母親不許我跨越公路，我得回家了。

你曉得晚上別外出吧，有人告訴過你了吧？我說。

夜晚屬於毒販、軍隊、警察，一如屬於蠍子，我說。

荷西．羅沙點點頭。

無論發生什麼事，都不要離開屋子，即使聽見槍砲聲或有人大喊救命也不行，知道嗎？

謝謝妳，他說著握住我的手，俯身親吻我的臉頰。

叢林裡沒有人會握別人的手，或親吻別人的面頰，這是城市人的習慣，或者說是在氣候涼爽的地區才能存在的習慣。在我們這片熾熱的土地上，觸摸只是更熱。

我回到家時，母親仍不省人事。我花了幾秒鐘才認出她在床上的身形。我忘記她染了頭髮，蓬鬆的金髮遮蓋住她的小枕頭。

母親兩手擱在腹部上，我走近時能看見她的指間緊抓著一樣閃亮的東西。

隔天早晨，母親似乎心情煩亂，她甚至連看都不看我一眼。

所以荷西．羅沙哪時離開的？我沒注意到他是什麼時候走的，她說。

媽，妳醉倒了。妳在想什麼啊？他是我老師吔。

母親來回踱步，拉扯漂成金色的頭髮。我不知道她是生氣還是難過。

最後她說，我只是內裡外翻了，內外整個翻過來所以骨頭在外面，心臟掛在胸脯中央宛如獎章。我承受不了，所以不得不躺下。黛妃，我曉得那人可以看見我的肝脾，他可以彎下身體，從我臉上摘下眼睛，像採葡萄一樣。

媽，妳拿槍幹什麼？

母親坐下來，沉默了片刻。

什麼槍？

媽，妳拿槍幹什麼？

有些男人嗜殺戮，母親回答。

我坐到她身旁，開始輕輕地揉她的背。

媽媽，我現在得去上學了，否則會遲到，我說。

這地方為什麼不能有個擠滿男人的酒吧，讓人可以喝得酩酊大醉，得到親吻呢？

我自己去上學，我得走了，媽媽。

我任她繼續坐在地板上，走出家門。

我走下山坡時，一大群螞蟻排成數列下山朝公路前進，幾隻蜥蜴也往同一個方向移動，移動非常迅速，上方的鳥群亦受到驚擾飛走。

那天早晨山上所有的生物似乎都在往下面的黑色柏油河川挺進。

過一會兒我明白原因了。

在遠處，非常遙遠的地方，我聽見了直升機的聲音。

我竭盡全力向學校飛奔。

到了教室，所有人都已在裡面，教室的小門關著。

讓我進去，我大喊。

荷西．羅沙打開門。我從他身旁擠過去，跑向瑪麗亞和艾絲黛芬妮，她們站在窗邊抬頭看。

寶拉人呢？我問。

我的朋友搖搖頭。

荷西．羅沙困惑不知所措。瑪麗亞解釋直升機來表示軍方要過來將巴拉刈扔在罌粟田上。

大家跑起來是為了找掩護，她說明。你永遠不知道除草劑可能會灑在哪裡。

我們可以聽見直升機逐漸接近，最後通過我們只有一間教室的小學校上空飛走了。

你們聞到什麼味道嗎？艾絲黛芬妮問。

我沒有，沒聞到，瑪麗亞說。

荷西．羅沙坐下來，從他的皮革公事包拿出一小盒白粉筆，走向黑板。他寫出四行字，主題標題分別為歷史、地理、數學、西班牙文。

我們從書包拿出習字簿與鉛筆，開始抄下荷西．羅沙所寫的字。

當我寫到「歷史」一詞時就聞到了，等到我寫到「西班牙文」，我心裡已毫不懷疑我聞到的是巴拉刈。

我們三人心知肚明，而荷西．羅沙仍不知情。

我們也覺察到寶拉不在。

氣味愈來愈強烈，我們能感覺到毒藥從教室門下悄悄滲進來。

正當瑪麗亞扭動身子，準備站起來堅持我們必須離開教室時，寶拉猛力推開門，上氣不接下氣地哭著跑進來。

她渾身被毒藥淋得濕透。

寶拉閉著眼睛哭泣，嘴唇也緊緊地閉起。

我們大家都知道只要有一點巴拉刈進入嘴巴就死定了。她在狂奔逃離直升機時，弄丟了夾腳拖和書包。她的衣服濕透，頭髮上滴著刺痛人的液體。寶拉一直緊閉雙眼。除草劑也會讓人失明。除草劑會燒傷一切。

瑪麗亞第一個從椅子上跳起來。

為了避免碰觸到她，瑪麗亞拿筆記本推著寶拉，帶她到蓋在教室後面的狹小洗手間裡。

我和艾絲黛芬妮跟在她們後面。在洗手間裡，寶拉迅速脫掉衣服。我們試著用自來水為她沖洗，但是自來水出得太慢，於是我們也從抽水馬桶舀水出來。我們一遍又一遍地清洗她的眼睛和嘴巴。

我能嘗到毒藥的味道，皮膚上沾到些許毒藥的部位有灼熱的感覺，那種灼燙能把絢麗的罌粟變成一塊葡萄乾大小的焦油。

荷西．羅沙沉默地看著。他從外頭凝視洗手間裡面，用手臂遮住口鼻，白色棉質的襯衫袖子貼在臉上。

我們沖掉了毒藥，但是我們知道大半已進入她的體內。寶拉沒有說話或哭泣，只是赤身裸體地站在狹小的洗手間裡發抖。

艾絲黛芬妮想出了聰明的點子，用教室裡掛著的磨損布簾裹住她的身體。

我們陪她穿越叢林，往下走到公路，再往上回她家。雖然我們願意把自己的塑膠夾腳拖給她，但寶拉拒絕了，光著腳一跛一跛地走。她擔心到她家的小徑沿途草叢裡可能有巴拉刈，我們會被灼傷。

我們將寶拉交給她母親，她母親只能說，那只是遲早的問題。

我們知道她無法拿海綿伸進寶拉體內，當她是只瓶子那樣將毒藥清洗掉。

回到家，我母親坐在屋後的地上，望著啤酒瓶墓地。她的頭髮朝空中豎起，猶如黃色的光環。褐色玻璃瓶與銀色金屬罐在近午的太陽下閃閃發亮。

我在她身旁坐下。

她轉頭注視我，然後抬頭看著太陽說，妳這麼早回來幹什麼，啊？

我還在發抖。

噢，天啊，黛妃，出了什麼事？

她傾身向我，伸出一手摟住我。我把整件事情告訴她。

女兒啊，我的孩子，這當然是個預兆。我們一直受到差別待遇，被逼急了，狗也會跳牆啊，她說。

她說得沒錯。後來寶拉被擄走時，我知道這天就是個預兆，她是第一個被選中的。

當天晚上我和艾絲黛芬妮、瑪麗亞、寶拉，初次月經來潮。母親說是因為滿月的關係。

艾絲黛芬妮的母親說是因為毒藥觸發了我們體內的壞東西。

可是我們知道實際上是怎麼回事。

荷西．羅沙看到寶拉赤身裸體。他瞧見她黝黑的皮膚和乳房，褐色的大乳暈與柔軟暗紅色的乳頭，以及兩腿間的黑毛。他看見她少女、青春的美麗。就在那一刻，我們成為了一個女人，彷彿他看到了我們所有人。

7

我答應母親絕對不會告訴瑪麗亞她是我同父異母的姊妹。

我不想引起紛爭，母親說。

我不會告訴她的。

隨著瑪麗亞長大，兔唇的傷疤逐漸變淡，她看起來和我父親一模一樣。倘若他看到她，他會以為自己是在照鏡子。

我母親也注意到了。她會靜靜地盯著瑪麗亞看，審視她的臉。她在想要擁瑪麗亞入懷親吻與使勁打她一巴掌間掙扎。

我愛瑪麗亞。在這個神所遺忘之地球上最酷熱乏味的地獄裡（我母親喜歡如此描述這座山區）所有人之中，她是最善良的。她會繞過大隻的紅火蟻而行，以免踩到。

荷西·羅沙當我們老師的那年，我記得的是一連串的事件。

第一件大事是他到達的當日，連同他造訪我家，我帶他去看我們的啤酒瓶墓地。第二件突出的大事是寶拉淋到除草劑那天。

那年同時也以看著我母親的金髮生長衡量。等到學年結束的時候，她的黑色髮根已幾乎長到耳際。她從沒染回黑色，或者再補染金色，或甚至修剪，因為露絲的美容院關閉了。而露絲髮廊的關閉是該年的第三件大事。

沒人看見事情發生，沒人聽聞任何風聲，沒有留下任何東西。

我們再也沒聽到露絲的消息。

艾絲黛芬妮的祖母蘇菲亞在露絲髮廊的街區附近經營OXXO便利商店，她比平時早起去開店。那天是十二月十日。蘇菲亞預期成群的朝聖者會經過她的店，順著全墨西哥的泥土路和公路行進，要到墨西哥城參加十二月十二日的瓜達露佩聖母節。

蘇菲亞如往常一樣走過美容院，波狀透明的綠色塑膠門朝街道大開。她窺視裡面呼喚露絲的名字，但是無人回應。

後來她解釋，她分辨不出來地板上亮紅的斑點是血跡或是一滴滴紅色的指甲油。

沒有人採取報警之類的愚蠢行動，相反地，我們等待。

我們走經前門仍掛著「幻想」二字招牌的美容院時會窺探一下裡頭，希望仍能看見她在那裡。然而，我們只看見兩支立式大吹風機，以前我們的母親經常坐在下面烘髮，還有兩個空水槽，以前露絲都在那裡幫我們洗頭。窗臺上的大燭臺仍擱在布滿彈孔的窗戶前面。

我們都知道她被偷走了。

太多人死在外頭了，我們永遠不會發現他們還活著，母親說。荷西．羅沙對於露絲失蹤深感不安，花了兩個月的時間試圖找墨西哥城的人前來調查。

我們的手機在這座山區唯有一處能收到十二公里外基地臺的訊號，那是在上學途中的一塊小空地。那裡總是有人在講電話，或是等著接聽美國親戚打來的電話。那塊空地是我們與世界的聯繫，我們在那裡接收好消息與壞消息。母親在看過希臘歷史的紀錄片後，給那地方取名為德爾非＊。

叢林的聲響與手機的雜音混合在一起，充斥在潮濕空氣中的嗶嗶聲、鈴聲、歌曲，還有鐘聲伴隨著女人尖銳的嗓音。

在這塊空地總是有女人等著接聽丈夫和兒子的電話。有些人坐在那裡好幾天，之後變成數週、數月、數年，而她們的手機從來沒響過。

在父親永遠離開我們之前，有一回母親與他通話，我聽見她說，我好想你，想到可以吞下這支電話。

有個男人在那裡閒晃感覺很奇怪，荷西．羅沙的存在讓大家有點害羞。我們入迷地聆聽他和律師、警察、法官通話，努力找人來調查露絲的失蹤。

＊德爾非（Delphi）為古希臘時期太陽神阿波羅神殿的所在地，阿波羅下達神諭的地方。

某天下午，為了安慰他，艾絲黛芬妮的祖母蘇菲亞伸出雙手按住他的肩膀。一個失蹤的女人只不過是又一片在暴雨中順著排水溝沖走的葉子，她說。沒人在乎露絲，我母親補充道，她就像汽車一樣被偷走了。

第四件定義那十二個月的大事發生在七月，學年的最後一週，就在荷西・羅沙離開我們返回墨西哥城的前一天。

我在教室裡幫忙荷西・羅沙清理東西，取下學年中他張貼在牆上的海報。他在為八月中即將到來的新老師整理教室。

世界的海報被收起來了。我曾經端詳非洲與澳洲的形狀，凝視深藍色海洋的位置，如今只剩空白的磚牆。

我們用來裹住寶拉赤裸身體的布簾再也沒有放回原處。

我倚靠在牆壁上，那裡曾經覆蓋著一張海報，畫著彩虹以及光線進出雨滴的示意圖。

我也很難過，荷西・羅沙說著走向我。

他聞起來像加了牛奶和糖的紅茶。

他把兩手放在我肩上，嘴唇貼上我的唇。

荷西・羅沙嘗起來如玻璃窗、水泥，以及登月電梯。他二十三歲的雙手捧著我十三歲的臉，再度吻我。我得到了摩天樓之吻。

8

快跑去躲進洞裡。

媽媽，妳說什麼？

快跑去洞裡躲起來。馬上，噓——

什麼？

噓——噓——

母親在外面時看見遠方有輛淺棕色的運動休旅車，不只實際上看見，她還聽見車聲。叢林裡一片沉寂，因為蟲鳥都安靜下來。

快點，她說，趕快跑，跑啊。

我衝出前門，跑向屋側的小空地，一棵小棕櫚樹下。地洞上面覆蓋著枯掉的棕櫚葉。我將扇狀的葉子挪到一邊，急忙爬進去。然後從洞內伸手將棕櫚葉拉回到洞口上。

這個地洞太小了，是父親在我六歲時挖出來的。我必須側躺下來，膝蓋蜷縮在胸前，好像我在電視上看到的古代埋葬的骨骼殘骸。我能看見少許光線透過濃密的樹葉照到我身上。

我聽見引擎聲逐漸接近。

周圍的地面顫動起來，運動休旅車開到我們的小屋，停在空地上，就在地洞和我的上方。

狹小的空間變得黑暗，我躺在車輛的陰影中。透過樹葉我能看見運動休旅車的底部，一面管子與金屬交織而成的網。

上方的引擎關閉，我能聽見手剎車拉到定位的聲響，駕駛座的車門打開。

一只棕色牛仔靴從車中踏出來，後跟雖高但是方正陽剛。

那雙靴子不屬於這片土地。天氣如此炎熱，沒有人穿那樣的靴子。

車門敞開，他站著直視母親。從洞裡我只能看見他的靴子和她的紅色塑膠夾腳拖正面相對。

這位媽媽，妳好啊，他說。

那人的口音不屬於這片土地，靴子和他的口音都來自墨西哥北部。

這裡總是這麼熱嗎？他問。妳認為這裡到底多熱？

母親沒回答。

哎呀，這位媽媽，把槍放下。

另一扇車門開啟。

在地洞裡我無法轉向試著張望四周，所以我只是豎耳聽著。

另一個男人從運動休旅車的副駕駛座走出來。

你要我開槍讓她消失嗎？第二個男人問道。語畢他不停咳嗽喘氣，嗓音像是因為沙漠而引發哮喘，宛如響尾蛇與沙塵暴的聲音。

妳女兒在哪裡，啊？第一個男人問。

我沒有女兒。

哎呀，妳當然有嘍，別騙我，這位媽媽。

我聽見子彈擊中運動休旅車。

上面的車子搖晃了一下。

我聽到機關槍開火的噠噠爆裂聲，以及子彈打碎我們家土磚牆的聲音。

倏地一切停止。叢林膨脹又收縮，昆蟲、爬蟲類動物、鳥全都靜止不動，沒有任何摩擦的窸窣聲。天色陰沉下來。

機關槍的砲火把山區的風給轟走了。

我們是妳最大的希望啊，這位媽媽，第一個男人說。

我給這地方做了胎記，是不是？我聽見第二個男人透過有如口哨的刺耳喘息聲說。

兩個男人回到車上，砰地關上車門。駕駛人轉動鑰匙啟動引擎，將靴子踩在我上方的油門上，地洞裡充滿了車子的廢氣，我張口吸進有毒的煙霧。

車子倒退，然後順著小徑開走。

我深深呼吸。

我吸進有毒氣體，彷彿那是花果的香味。

母親叫我接下來的兩個小時繼續待在洞裡。

等我聽到鳥叫聲妳才出來，她說。

她拉開洞上的棕櫚葉扶我出來時，天色已幾乎黑了。我們的小屋遭到大量子彈掃射，就連木瓜樹也受了槍傷，香甜的樹液從柔軟樹皮上的彈孔滲出。

瞧瞧這個，母親說。

我轉過身，她用手指指著地洞。

我往內凝神細看，瞧見那裡有四隻白化的蠍子，最致命的那種。

那些蠍子比人類對妳更仁慈呢，母親說。

她脫下一只夾腳拖，狠狠將四隻全部打死。

仁慈並非雙向的，她說。接著她一手撈起蠍子扔到一邊。

當我們撿起棕櫚葉以便再度把洞蓋上時，發現了一個藍色塑膠的哮喘吸入器，就在第二個男人拿武器朝屋子和樹開火的地面上。

我們該怎麼處理這玩意？我問。我不敢碰它。

我敢打賭他不會回來拿，母親說。

可是那人會沒辦法呼吸。

就留在那裡吧，別去碰它。

隔天，在手機有時能用的山上空地，我們得知那些人成功地偷走了寶拉。

瑪麗亞獨自坐在樹下，捏著兔唇的傷疤。艾絲黛芬妮的母親奧格絲塔筆直地站在空地中央，手機高舉過頭，試著接收訊號。艾絲黛芬妮的祖母蘇菲亞發狂似地在與某人對話。寶拉的母親康恰坐著直盯著電話，彷彿目光能讓手機響起來。打電話給我，打電話給我，寶拉，打給我，她對著電話喃喃地說。

我母親在康恰旁邊坐下來。

他們先來我們家，我母親說。

康恰抬起臉看著我。妳躲進地洞了嗎？她問。

對，我躲在洞裡面。

寶拉沒來得及。那些狗沒吠，我們沒有聽到他們來的聲音，那些狗沒吠。

康恰養了一群所有人見過最凶惡嚇人的狗，是她從公路邊撿來，遭車子輾傷的動物。她有至少十隻狗，占據了她家四周的樹蔭。牠們大多是近親交配，長相醜陋。母親常說那些狗需要毒藥。

康恰把手機高舉在頭上。

我根本沒聽到他們殺狗，康恰說。

他們殺了狗嗎？

我和寶拉正在看電視，康恰說。我們才剛洗完澡，裹著毛巾坐在長沙發上納涼。我聽見背後有聲響。他都可以碰到我們了，我卻沒有聽到他的聲音。他拿槍對準我，用另一隻手對寶拉勾勾手指。妳跟我來，他說，不過並非真的說出口，而是一遍又一遍地勾手指示意。寶拉站起來，抓著身上的毛巾。她走到那人身邊，他們兩人走出門外，坐進運動休旅車。她仍然包著毛巾，全身上下就只有毛巾而已。

康恰跟著他們走到外面，看著運動休旅車消失在路上。屋子四周到處都是死狗血淋淋的屍體。屋內的電視仍大聲播放著。

光腳，裹著毛巾，康恰搖搖頭再說一次。

在那一小塊土地邊緣的檸檬樹下，有她數年前挖給寶拉藏身的地洞。

我把狗埋在那裡面，康恰說。我剛才把牠們一隻隻疊起來，埋葬在寶拉的地洞裡。

那天米奇也在空地上。他僅用門牙有節奏地嚼著口香糖，白色的團塊在他嘴唇後方忽隱忽現。我好幾個星期沒見到他了，因為他大多數時間都在阿卡波可。他總是與其他人分開站，一手舉高，手機拿在空中找尋訊號。他至少有五支手機分散在身上各處的口袋裡。他聽起來就像一台播放手機鈴聲、震動、鐘聲、饒舌歌曲、電子音樂的音樂盒。他說他擁有美國的手機、墨西哥城的手機、佛羅里達州的手機，還有幾支阿卡波可的手機。瑪麗亞告訴我他在賣大麻，這就是他有錢的原因。我們並不介意，多虧了米奇，我們山區一年到頭每個月都是耶誕節，他總是買禮物送給每個人。

米奇若是在家，大多待在空地，接聽來自歐美各地的電話。他甚至擁有臉書頁面和推特帳號。似乎在美國人人都曉得到墨西哥可找米奇買毒品，瑪麗亞說米奇在美國很有名。到美國的假期時，觀光客——尤其是放春假的青少年，會在抵達阿卡波可之前先向他預訂毒品。他的綽號是波浪先生。

米奇成天戴著耳機聽 iPod，根本沒辦法和他說話。他聽嘻哈和饒舌音樂，經常隨著節奏蹦跳擺動，就連說話也帶著節奏。倘若他有夢想，肯定是在紐約市當嘻哈舞者。那是假如他有夢想的話，但是他沒有。他的生活在一個週末又一個週末間推移，彷彿星期一到星期日，七天就是一季。

寶拉被擄走的那天，他將 iPod 關掉，塞進牛仔褲前面口袋深處。

那天所有人能聽到的只有手機的沉寂，僅此而已。那就是寶拉失竊的聲音，那就是失竊之歌。

9

翌日是失去寶拉的第一天。

新老師的工作方式截然不同。羅沙先生非常勤奮，而且遵循公共教育部的課程。然而我們的新老師拉菲爾・德拉克魯斯毫不在意。他只想搞定社會服務的這一年，結束後返回故鄉瓜達拉哈拉，他的未婚妻住在那裡。我們沒有上課，而是坐在教室裡聆聽音樂。他帶了一臺CD播放機和兩顆可攜式喇叭到教室裡，在此之前我們從沒聽過古典音樂。

每天早晨我們到學校坐在座位上，等候德拉克魯斯先生到來。他向來遲到，有時候會晚兩個鐘頭，等他終於來了，他會走進教室，從小手提箱中拿出CD播放機和喇叭，然後說，所以你們都還在這裡。我從不清楚這句話是什麼意思。不然我們會在哪呢？

他只播放柴可夫斯基。《天鵝湖》飄出教室，橫跨叢林，越過我們的家和種滿罌粟、大麻植物的山丘，往下到滿含焦油的黑色公路，跨越馬德雷山脈，直到天鵝跳舞的樂聲傳遍全國。

他一定是個同性戀，母親說。

新老師對我們毫無興趣。我喜歡他。他來學校，放音樂，再回到他的單房小屋，待到隔天才走出房間。但在教室的四、五個鐘頭裡，他讓我們交叉雙臂趴在白色塑膠桌上，低下頭，閉上眼睛諦聽。

上這些音樂欣賞課時，艾絲黛芬妮時常睡著，事後抱怨實際上音樂讓她覺得冷。明白了這就是我們今年唯一的課程後，她帶了條毯子到學校遮蓋肩背。隨著艾絲黛芬妮的母親奧格絲塔的愛滋病情愈來愈嚴重，艾絲黛芬妮就愈覺得寒冷。她母親從女兒身上吸走熱氣。

瑪麗亞是這一帶昆比亞舞與騷莎舞跳得最棒的人，她不介意聽這種音樂。只要不必做數學習題，她就高興了。

那些早晨，我把頭枕在雙臂上，闔起眼睛。在柴可夫斯基的音樂之中，我聽見地底下的地殼震動，樹根在土地下蔓延，罌粟綻放花瓣。

我豎耳留心寶拉的聲音，可是一無所獲。

我確信她死了，我們全都相信她死了。所以當她回來時，我母親說，噢，天啊，棺材打開，她走出來了。

那是我們上學的最後一年，小學畢業證書是脫離童年的大門。事實上，畢業時我們有些人十二歲、十三歲，或甚至十四歲，因為畢業要花很長的時間。有些學年老師教到半途就放棄離開，有些學年甚至沒有老師到職。

我們拿到畢業證書的唯一原因是，德拉克魯斯先生不在乎我們有沒有學到東西。他宣布沒有期末考，接著在畢業證書上簽了名便盡速離開這裡。我相信他一定認為身無彈孔地離開我們這世界是莫大的成功。

既然畢業了，我們就必須思考自己要做什麼。艾絲黛芬妮知道她別無選擇，接下來幾年她要看著母親死去。瑪麗亞要看著辦，因為米奇帶了更多的錢回家，催逼瑪麗亞和他母親離開這座山區，搬到阿卡波可，他說他要買間房子給她們。沒人詢問寶拉要做什麼，因為現在她活得像個嬰兒，整天關在屋子裡。

母親對我說，妳不要到路邊賣鬣蜥，也不要去上阿卡波可的美容學校，別去墨西哥城當女傭，也別到邊界的工廠工作。妳也不要待在這裡無所事事，還有最好別懷孕，否則我會宰了妳。

有天母親和我上去空地時，米奇走過來站在我們旁邊。他所有口袋裡的手機發著叮鈴、噹啷、嗡嗡的響聲，他看上去幾乎像是隨著手機的音樂蹦跳，扭著身子動來動去，彷佛骨頭在皮衣裡面大搖大擺地走。他小時候經常用繩子牽著一隻寵物鬣蜥到處遛達，後來他母親將那隻鬣蜥放入鍋裡和紅蘿蔔、馬鈴薯一起燉，他傷心死了。

米奇從口袋裡掏出一條金鍊子交給母親。他說，麗塔，我一直想送妳一點漂亮的東西，妳屋裡夠多難看的東西了。

米奇說他知道在阿卡波可有戶人家需要人幫忙照料小孩，正在物色保姆。

母親說，太好了，那正適合妳，黛妃。

一星期大半時間妳都得住在阿卡波可，米奇說明。妳會賺很多錢，那家人非常、非常、非常有錢。米奇為了強調還彈指三次：啪、啪、啪。

母親一聽到那家人很有錢立刻站直身子。我曉得她正在盤算所有我能偷回家的東西，在她眼睛的映影中，我正把唇膏和洗髮精裝進背包。

我明白離開意味著什麼。我曉得母親會睡得嘴巴大張，電視會轉到歷史頻道，介紹法國城堡或西洋棋歷史的話語會充斥整個房間。她的四周會散滿空啤酒瓶，身邊沒有女兒為她彈開螞蟻，長列的黑螞蟻會在她嘴裡爬進爬出。

好的，可以，我對米奇說。

母親和我離開空地一起走回家時，經過了幾年前寶拉失竊以前，我們埋葬屍體的那棵樹。我們始終沒查出那個年輕人是誰家的，也不會有人前來探問。母親說，叢林處處有耳，這裡沒有祕密。

那天下午我弄清楚寶拉發生了什麼事。

我走在通往教室的小徑上時，撞見了坐在樹下的寶拉。她坐在地上，那是我們從來沒有過的舉動。在這座山區，我們永遠不會讓皮膚和土地直接接觸。

她穿了一件長連身裙，罩在身上有如帳棚。我知道在衣服底下，蟲子正爬上她裸露的雙腿。

我感覺到腳下溫熱的黑土。

這塊土地把我們緊密相接。

我想要握她的手。她低垂著臉，正在察看大腿上的東西。

我緩緩走向她，如我所學過要抓小隻的過山刀或鬣蜥寶寶時的走法。等走近時，我的身體來到她的身體與太陽之間，我的影子籠罩住她。

她抬起頭看，我坐到她旁邊的地上，心知不到一分鐘我就要拂去皮膚上的黑色和紅色螞蟻。寶拉的裙子上爬滿了黑螞蟻，有些已經遷移到她的衣服上，在她的脖子和耳後爬來爬去。她沒有揮開牠們。

妳不覺得小甜甜布蘭妮很可惜嗎？寶拉說。

寶拉衣服的長袖子捲起來往上推。她左手臂內側的皮膚又白又薄有如芭樂皮，我能看見一排菸疤，圓圈、圓點、粉紅色圈圈。

妳知道的嘛，寶拉繼續說，布蘭妮有很多刺青。

是嗎？我不知道。

有，她的腳趾上有一個小仙子和小雛菊。

我不知道。

而且她的右手上有隻蝴蝶和另一朵花，還有一顆小星星。

哦，真的嗎？

是真的，她的身體就像座花園。

妳知道我是誰嗎？我問。

噢，當然知道嘍，妳是黛妃。

我拂開幾隻在她腿上和手臂上的螞蟻。起來吧，妳要是再繼續坐在這裡，螞蟻會活活把妳吃掉，我說。

螞蟻？

妳媽媽知道妳在哪裡嗎？

我握住她兩邊的手腕，幫忙拉她起來。我帶妳回家，我說。

妳再多陪我一會兒吧，我喜歡妳，妳對我很好，寶拉說。

我牽著她的手，和她一起走向幾步外的一截圓木。

我們不能坐在地上，我說。

我們並肩坐下來看著前方，彷彿坐在行駛於公路的公車上。我將她的手握在手中，仔細端詳她手臂內側皮膚上香菸烙印的圖案。

我看過老虎和獅子，她說。真正的喔，不是在動物園裡。

說給我聽聽吧。

那個地方有間放車子的車庫，還有一間關動物的車庫。

妳可以說給我聽。

寶拉描述了那座大牧場。牧場位在墨西哥北部的塔茅利帕斯州，就在美國邊界。一名重量級的毒販與妻子和四個孩子住在那裡，他以綽號麥克連為人所知，從布魯斯·威利在電影《終極警探》扮演的角色而來。麥克連曾經是名警察。

我是他的奴隸情婦，寶拉說。

奴隸情婦？

對，我們都這樣自稱，我們所有人都是。

在大牧場的一端有間車庫安置麥克連的車，包括四輛ＢＭＷ、兩輛捷豹、幾輛貨卡及運動休旅車。在車庫隔壁有幾間水泥房，關著一頭獅子和三隻老虎。寶拉從管理員那裡得知那些動物都是購自美國的動物園。那塊土地上還有屬於自己的一小片墓地，有四座規模和小屋一樣大的陵墓。每座陵墓裡甚至有洗手間。

那並不是動物園。他們每天撿拾獅子老虎的糞便，包裝進要送往美國的毒品中，這種做法可讓邊界的緝毒犬遠離貨物。

寶拉在大牧場的工作是偶爾與麥克連上床，以及幫忙將獅子老虎的糞便包在毒品四周，或是塗抹薄薄一層在塑膠包裝外頭。

有人告訴我牠們吃人肉，寶拉說。

我們手牽手坐在圓木上，天色逐漸變暗。到黃昏時分，一小群的蚊子開始圍繞著我們，可是寶拉繼續說，所以我坐在那裡任由牠們叮咬。她似乎沒注意到蟲子在她皮膚上爬行或叮咬的感覺。

我不需要告訴妳在途中我是只塑膠水瓶吧？寶拉說。我是人家拿起來大口大口喝的東西。

我搖搖頭。不，不用。

那些偷走我的人是從馬塔莫羅斯來的，他們載我到北邊去參加派對。那是麥克連女兒的生日派對，她十五歲。

他們為了派對租來整個馬戲團，幾頂大帳棚豎立在牧場主屋一側的草地裡。一個男人走來走去，發送一團團捲在長木棍上的粉紅色棉花糖。另外還有一個樂團和一座大舞池。

寶拉被帶到其中一頂帳棚，座落的位置距離派對非常遠，她幾乎聽不見樂團的演奏。在這頂帳棚內，有幾個男人和三十多個女人。一排排塑膠椅放置在帳棚的一邊，中間的空地上有張桌子，擺了可樂、啤酒、塑膠杯、紙盤，盤子上面堆著高高的花生，撒滿紅辣椒粉。帳棚裡的女人都是被偷來的。那些毒販殺了寶拉母親的狗，擄走赤身裸體只包著一條白毛巾的她，現在打算要賣掉她。

麥克連在那頂帳棚裡，他打量那些女人，要求她們微笑。他想看她們的牙齒，不過他沒有檢查寶拉的嘴巴裡面。

麥克連選擇了寶拉，他選中了墨西哥最美麗的少女。她原本應當成為傳奇，她的臉蛋應該出現在雜誌封面上，應該有情歌為她而寫。

寶拉在我身旁的圓木上直視著前方述說。當她似乎開始感到疲倦，繼續講述的故事便只是各種印象的混合。

妳不需要知道日出日落，她說。妳不需要知道我吃什麼或者睡哪裡，妳需要知道的是麥克連有兩百多雙靴子，用諾亞方舟上的各種動物和爬蟲類動物所製成。他有一雙用驢子的陰莖製成，還有一雙他喜歡在星期天穿，是淡黃色的，大家都說是用人皮做成的。

寶拉的印象從她腦袋滾滾而出，彷彿是她用鉛筆寫在紙上的一張清單。她說麥克連的女兒有超過兩百個芭比娃娃，其中一個鍍過金，眼睛是貨真價實的綠寶石。麥克連有個盒子裝滿了公雞羽毛，那些公雞是他養來玩鬥雞的。麥克連的腹部有道傷痕，像是他差點被魔術師砍成兩半。他的兒子個個都有自己的玩具車，那些全是真車，甚至要靠汽油驅動，只不過是袖珍版。大牧場旁邊有迷你加油站和迷你的ＯＸＸＯ商店。

有些女人寶拉在帳棚裡認識，而後又在其他聚會上見過面，分別是葛洛莉雅、歐若拉、伊莎貝爾、艾絲佩蘭薩、露佩、蘿拉、克勞蒂亞、梅西蒂絲。

那些女人是什麼人？我問。

噢，和我一樣的女孩，她說。他女兒還有間玩耍的小屋，裡頭有沖水馬桶。

妳賣了多少錢？

喔，我是個禮物。

妳的手臂上為什麼有那些菸疤？

喔，可是我們每個人都有啊，黛妃。她低頭注視自己的手臂內側，將手臂向前伸展，彷彿在秀給我看書的內頁。

要是妳被偷了，就用香菸在左手臂內側烙印。

為什麼？我不明白。

妳瘋了嗎？還是笨蛋？她問。

對不起。

很久很久以前有個女人決定這麼做，所以現在我們全都照做，她說。假如我們被發現死在某個地方，那麼所有人都會知道我們是被偷走的，這是我們的標記。我身上的香菸烙印是個訊息。

我細看她手臂上的圓圈圖案，她繼續把手臂伸直，宛如一根伸入叢林空氣中的槳。

妳當然希望人家知道那是妳，否則我們的母親要怎麼找到我們？

天色已幾乎全黑。

我們得走了，我說。跟我來吧，我送妳回去。

她母親站在前門等待，一手拿著裝滿牛奶的嬰兒奶瓶。

我的寶貝該上床睡覺了，康恰說。妳到底在叢林裡幹什麼？

寶拉沒回答，徑直走進屋裡。

她母親陪我走到她們的土地邊緣。

她對妳說了什麼嗎？康恰問。別跟任何人透露任何事，康恰驚慌地說。他們怎麼會知道她在這裡？誰在監視，知道有個漂亮的女孩住在這山上？他們是來抓她的，他們很清楚自己的目標。要是他們知道她回來了，如果他們發現了，一定會回來抓她。我們非離開不可，沒時間了，再一天左右，我一直在計畫。黛妃，我們要逃走。她向妳說了什麼？

她告訴我菸疤的事。

她有沒有告訴妳那是她自己燙的？她有沒有告訴妳所有被擄走的女人都在自己身上燙菸疤？

我點點頭。

妳相信她嗎？康恰問。我一點也不信，我甚至無法想像燙傷我自己，那是不可能的事。

嗯，我相信。

這時寶拉出現在她母親背後，有如白霧一般。她一手拿著嬰兒奶瓶，赤裸著身子。在黑暗中一道月光下，我能看見她的乳頭，兩腿間的黑毛，及渾身上下由菸痕組成的星座。我能看到香菸烙出的星星所構成的獵戶座和金牛座，就連她的雙腳也滿是圓形的灼痕。寶拉曾走過銀河，每顆星星都在她身上留下烙印。

10

康恰轉身抱起寶拉，彷彿她是個四歲小女孩，將她抱進屋裡。那是我最後一次見到康恰與寶拉。

我們知道她們搬走了，是當康恰的三隻狗出現在我們家附近翻找食物時。那些是康恰其他的狗在寶拉失竊那天被屠殺後，她撿回來的流浪狗。

她離開之前幹嘛不殺掉那些該死的狗？母親說。我們不要照顧牠們，別給牠們東西吃，黛妃，妳聽到了嗎？

我們到寶拉的屋子去看看她們是否離開了。

我們到達那間兩房小屋時，一切看起來就像寶拉和她母親打算回來似的。

對，母親說。這就是你消失的做法——弄得好像會再出現一樣。

小餐桌上有一整盒新鮮的牛奶，電視機開著。播報阿卡波可新聞的聲音充斥著客廳：酒吧裡發生了槍戰；新蓋了兩間停屍間；海灘上發現了一顆割下的頭顱。

母親開始在那間屋子四處搜尋，是我非常熟悉的那種翻找。她拿了一瓶半滿的龍舌蘭酒、一個電咖啡壺、一大包洋芋片。

妳去查看寶拉的房間，瞧瞧她留下什麼東西。也許有一些妳能穿的牛仔褲或T恤，她說。

她的小床在那裡，架在一疊磚塊上，從地面墊高，以避開夜裡在地板上到處爬、大如老鼠的蟑螂。牆壁上有許多掛衣服的粗大釘子，因此牆面看起來像一幅服裝的拼貼畫。我可以看到床下幾雙塑膠夾腳拖和一雙網球鞋排成一排，床上有兩個空的嬰兒奶瓶擺在枕頭上，還有一個鞋盒。

我打開鞋盒。

叢林的熱氣充滿我口腔，螞蟻和蜘蛛在我血液中狂奔。

鞋盒裡有幾張照片。我仔細端詳那個男人黑色的小眼睛，就是他將寶拉體內的甜美女孩給壓榨出來。照片中是一個男人和他的家人，男人身穿紅白格紋襯衫和牛仔褲，繫著有橢圓形銀質釦環的寬大皮帶，他也穿著黑色高跟的牛仔靴。這些人來自墨西哥北部，他們的衣著說明了一切。那人就是麥克連。

我從盒子裡取出照片，塞進牛仔褲。盒子底部有本小筆記本，我放入後面口袋。

母親出現在房門口。

想來非常可怕，不過有人一定密切注意寶拉好多年了，他們就看著她長大，母親說。

她一手拿著那瓶龍舌蘭酒，另一手拿著那包洋芋片。

她在很久以前就被選中了，母親說。他們一直注意著她，就像我們關注樹上的蘋果：我們看著蘋果生長，等到成熟再摘下來。

走回家時，隨著身體移動，我能感覺到塞在牛仔褲前面又乾又薄的紙板照片。母親丟棄了她的白色塑膠平底涼鞋，換穿康恰的亮綠色塑膠夾腳拖，前面帶子上附著一朵塑膠紅花。母親順著我的視線，低頭看自己的雙腳。

哎呀，黛妃，反正康恰不會再穿了，對吧？

母親拿著那瓶龍舌蘭酒和洋芋片。

我們沉默無語地走了一會兒後，母親突然轉頭在地上吐了口唾沫。

要是有人想為我們在地球上的這片土地創造符號或旗幟，應該會是塑膠夾腳拖吧，她說。

我們到家時，前門敞開著，米奇坐在屋裡等待我們。我覺得很奇怪，他竟然會在裡面等，一般人不會那麼做。他們不會在主人不在家時，進去屋裡坐下。我們的屋內甚至有股他身上濃烈的古龍水味，帶著薄荷香氣，好像口香糖。

他坐在廚房裡，冰箱門大開，就像人們坐在爐火前面一般。他的大腿上放著兩支電話。我可以看到米奇的頭髮長出來了，他在幾年前剃了光頭，因此現在頭上看起來好像長了一簇簇短小茂密的黑草。

欸，你是糊塗了，以為這裡是你家嗎？母親對米奇說。

她將龍舌蘭酒和洋芋擺到餐桌上。

把門關上！她命令道。

好啦，別生氣嘛，小媽媽，他說著迅速站起來，伸手一揮關上冰箱門。

米奇叫這山丘所有年長的婦女小媽媽。就連我那不喜歡聽人甜言蜜語的母親似乎都很喜歡。我曉得她原本正要尖聲責備他，擅自進入我們家，到處窺探，打開冰箱，但是小媽媽這幾個字阻止了她。彷彿那個詞撫摸了她，能讓她發出滿足的呼嚕聲。

在這座山區，冰箱是我們最重要的家電，家具，或隨便叫什麼都行。那是我們通往北極、北極熊、海豹、冰河的大門。在大熱天裡，人人圍著冰箱坐，把門大開。白天，我們將枕頭擺在裡頭冰鎮。棉花枕頭放在一罐罐啤酒、一盒雞蛋，與一袋袋塑膠包裝的起司當中。夜裡大約有一小時，我們的頭會枕在涼爽的棉花上，當一面的枕頭變熱後就翻面。枕頭冷卻了我們的腦子和夢。發明這招的是我母親，在這山區所有人都這麼做。

冰箱是母親祈禱的主要物品之一，她說冰涼的啤酒能讓人愛上冰箱。

母親為自己倒了一小杯龍舌蘭酒，然後用牙齒撕開那包洋芋片。

所以呢，有什麼事？她問米奇。

米奇說明，星期一早晨，也就是再過兩天，他會跟我在公路那邊碰面，我們會一起搭公車去阿卡波可，已經約好早上十一點要與雇用我的那家人見面。我該打包行李，準備好待在那裡。

我留下母親在我們的小屋裡喝酒，陪米奇走一段路到公路上。我想問他關於瑪麗亞的事。由於我們不再去學校，所以我很少見到瑪麗亞。我不喜歡到瑪麗亞家，因為很難面對她母親露茲曾是我父親的情婦的事實。山區的每個人都知道這件醜事，米奇當然也知道，因為他對所有人的事都瞭如指掌。唯一不知道自己身分的人是瑪麗亞，唯一不知道自己的兔唇是上帝詛咒的是瑪麗亞。我想告訴她，她是我同父異母的姊妹。希望她把我當成姊妹更加愛我，可是我很擔心一旦她知道了自己的真實身分會討厭我。

我請米奇轉告瑪麗亞我想見她。我叫他告訴她那天傍晚到教室和我見面。

忽然間米奇的三支手機同時響起，他隨著手機曲調蹦蹦跳跳地下山，彷彿接收不到訊號的死角在空中開啟，電話的訊號猶如閃電從天降臨到他身上。

我轉身走回家時，想起仍塞在褲子前面的照片。我伸手拿出印在軟紙板上的方形照片。照片共有六張。其中一張裡是個男人，我臆斷他是麥克連，站在飛機跑道上一架小飛機旁。另外兩張照片是一群女人靠牆站立，兩張裡頭都有寶拉。另一張照片是麥克連站在一排中世紀的全套盔甲前面，看起來像是在城堡裡面。

最後兩張照片拍的是一輛大的紅色運馬拖車，是能載二、三匹馬的小型車款，可以用貨卡或運動休旅車拖曳的那種。其中一張拍得很仔細，顯示了血從車門流出。

我回家時，母親正用蒼蠅拍瘋狂地殺蒼蠅。過去一個月來天氣酷熱異常，蒼蠅氾濫。這種蒼蠅肥而多汁，背上的毛有尖刺，叮咬後會留下又大又紅的腫包，疼上好幾天。我們的餐桌和地板上到處都有黑色的血跡。

跪下來為蒼蠅拍祈禱吧，母親說。是誰該死地沒關上門？

妳知道的，我說。

母親看了我一眼，惡狠狠的一眼，然後繼續用勁拍打蒼蠅。我認出那支蒼蠅拍是至少兩年前從瑞耶斯家偷來的。為蒼蠅拍祈禱吧，她說。

母親討厭蒼蠅，卻很喜歡殺牠們，在那間小廚房裡愉快地大開殺戒。

她知道，大家都曉得，我們永遠贏不了蒼蠅。

我跑過母親與黑紅色的死蒼蠅，將寶拉的照片藏在我房間的床墊下面。

當我走回廚房，母親坐在餐桌前，蒼蠅拍橫放在腿上。一隻隻血跡斑斑、被打扁的蒼蠅嵌在塑膠網中。她正在牛飲，一口氣就幾乎喝掉半瓶啤酒，才拿開唇邊的瓶子，發出空洞的吸吮聲。

我在屠殺現場坐下來。

我氣死了，母親說。

怎麼了？

電視上談到一本雜誌，最近出版的議題竟然是關於身為女人的滋味。

所以呢？

我要告訴他們事實。

媽媽，事實是什麼？

女人的世界在她的內褲裡。

是嗎？

妳認為那些墨西哥城的女性作家會寫出這種悲哀嗎？對，就是當妳發現內褲上有血時，代表了一件事，妳將會失去妳的孩子。

媽媽，妳在說什麼啊？我問。

從屠殺蒼蠅到胡言亂語大談內褲，我很擔心她。她的眼神讓我想起山區遭遇大地震時她臉上的表情。後來在地震過後，等一切都結束，她說我們早該知道了。

在地震前兩個星期，附近各種生物紛紛入侵我們的兩房小屋。黑寡婦、紅狼蛛、白色透明或褐色的蠍子開始隨處可見。紅火蟻爬滿天花板。我們在電視後面發現了一窩蛇，有如一團打結的黑色緞帶。

母親對這現象的反應是沒日沒夜地看電視。她不煮飯，我必須四處翻找乾的玉米薄餅和起司，甚至開了一罐鮪魚罐頭，我們通常不吃這個，因為母親有天突然認定那味道像貓食。母親一直看電視，因為那是逃離山區唯一的出路。

在我盡可能殺掉許多蟲子，吃著芒果乾時，母親神遊到佩特拉，拜訪一家貝都因人，他們被逐出洞穴，現居住在貝都因村落，政府建造的水泥屋裡。他們的駱駝則住在水泥車庫裡。她到印度旅行，看見醫療旅客到那裡動便宜的手術。她觀賞環球小姐選美比賽。在歷史頻道上，她耐著性子看完六集亨利八世每個妻子的介紹。

在這段地震前的日子裡，某天一隻走失的羊出現在我們家門口。我到屋外逃離電視與母親，牠就在那兒，坐在木瓜樹樹蔭下。

我進屋內告訴母親這件事的時候，她只瞄了我一眼說，接下來妳會告訴我聖母瑪利亞和約瑟在門外，需要睡覺的地方。

這是她好幾天來說的第一句話，但隨後她就轉身背對我，繼續看電視節目介紹在死鯊魚腹中發現的物品。一個男人在甲板上剖開鯊魚的肚子，掏出一只結婚戒指。

我走到外面，給綿羊一些水，那動物用小舌頭舔起水喝。這是我頭一次在現實生活中看到藍眼睛，而不是在電視上。

當我回到屋內，綿羊也跟著我進去。

母親轉頭看著牠說，那不是綿羊，小姐，那是羔羊，正及時趕上宰殺。

我不大確定她那話是什麼意思，可能意味著我們要殺了這隻羊，當晚餐吃掉，或者也許她喜歡聖經語錄，因為現在我們成了昆蟲的諾亞方舟。

自從望進那動物的藍眼睛後，我知道自己無法吃了牠。最後我發出噓聲把牠逐出我們家，趕下山去。我希望前往阿卡波可的銀色大客車不會輾過牠。

山區這一切狂亂的原因是地震。在新聞報導中，我們聽說震央就在阿卡波可港外。

那是我們吔，母親興奮地說。我們就住在阿卡波可港外。當然震央就在這裡，在我們下面。

地震在那天早上七點半襲擊。我們正在吃早餐，兩房的屋子突然晃動了起來。屋外我們看著地面如波浪般移動，彷彿地是水構成的。

母親屠殺蒼蠅，胡扯要向內褲祈禱並且酗酒的那天，我感到非常害怕。她正在崩潰，我能看到碎片。

我說，媽媽，妳想告訴我什麼？說清楚點。

母親把頭往後一甩，翻了翻白眼。

對，對，對。有些時候我用牙齒拉扯下指甲旁邊的皮，餵給妳吃。

妳這時候說這件事嗎？

妳那時還不到一歲。我把皮混在飯裡面，不然妳要我怎麼辦？有些女人從自己身上割下一片片皮膚餵養小孩，我在電視上聽說過。

胡說八道，媽媽，我說。

那和母奶有什麼區別？妳告訴我啊？

不，媽媽，那些時髦的墨西哥城作家不會寫這種事啦。

只有上帝知道這些事情是否屬實。母親將說謊歸於偷竊一類。如果能夠撒謊，又何必說實話，這是她的人生哲學。如果我母親搭公車，她會說她搭計程車。

這天下午在她醉倒之前，時間將會非常漫長。從寶拉家拿來的龍舌蘭酒已經空了，母親起身從冰箱拿出另一瓶啤酒。

我把牠們打死了，妳可以清理一下，她說。

我抓起水槽邊的舊抹布，開始擦去椅子、桌面、牆壁上的蒼蠅。

幾小時後，我出發前往教室去見瑪麗亞時，母親正在喝第五瓶啤酒。她躺在床上，拿著從玉米穀片盒子邊撕下的一片紙板搧風。電視的音量開到最大。她在恍惚中看著介紹亞馬遜河野生動物的節目。

國家地理頻道為什麼不來這裡拍攝我們的山區呢？母親問。

我走出家門，停下腳步回頭看。我們矮小的兩房建築物上有生鏽的長樑朝二樓突出，二樓卻始終沒有建蓋。這山區所有的房屋都像這樣。我們抱著擁有二樓的夢想建屋，然而我們沒有二樓，有的是拋物線式天線。倘若從太空看我們的山區，看起來會像一片由數千支撐開的雨傘所構成的白色土地。

瑪麗亞在教室裡。她坐在老座位上，看上去宛如一幅我們童年的肖像畫。她的頭髮梳成圓髻，盤在頭頂上，我們稱之為洋蔥髮型，髮髻拉得非常緊，緊到她無法正常眨眼。

每次我注視她，總是在她臉上看見父親的影子，不得不克制自己別告訴她真相。有時候，我甚至認為我能夠記住父親長相的唯一原因是因為瑪麗亞在那裡提醒我。母親發現父親在那邊有另一個家庭時，將他所有的照片放在爐子上燒，就像烤玉米薄餅那樣。照片一張接一張在爐臺上捲曲烘烤，直到變成黑、灰色的灰燼。我看著他如辛納屈的笑容，和我的生日蛋糕、生日氣球化成煙，飄出門外。

瑪麗亞的兔唇疤痕已經淡去。可是當我注視她的時候，總是看見她以前的那張臉，過去那張脆弱的臉既不真實又令人難過。傷痕已消失，但兔唇仍造就了現在的她。

我坐到我從前的課桌前，就在她的位子旁邊，我們像這樣坐了好幾年。在練習寫字和算數時，我們小女孩乾燥粗糙的手肘經常碰觸在一起。在這間教室裡，我們能夠遠離自己的家和叢林，夢想一種截然不同的生活。

瑪麗亞告訴我艾絲黛芬妮的母親奧格絲塔發高燒，因此她們明天早上要去墨西哥城，那裡有家愛滋病慈善機構會給予她所需要的藥物。奧格絲塔罹患愛滋病至今六年多，這種往返城市的旅行已經成為慣例。

我告訴瑪麗亞，寶拉和康恰已永遠離開山區。

我告訴瑪麗亞有關那些照片的事，她聽了之後站起來。

露絲？妳問了露絲的事嗎？瑪麗亞問。

在山區，大家都相信露絲的消失與寶拉失竊有關。

我搖搖頭。

我沒問，對不起，我說。

我看著瑪麗亞用手指揉了揉兔唇的傷痕。手術那天，我看見母親和露絲抽了一整包Salem香菸，薄荷味的煙霧瀰漫了美容院。小時候，瑪麗亞和我經常偷露絲菸灰缸裡的菸蒂，吸吮濾嘴，彷彿那是荷氏超涼薄荷糖。在看著瑪麗亞的臉龐時，我能嘗到薄荷濾嘴的味道。

妳仔細看過照片了嗎？妳有沒有查看照片中是否有個女人就是露絲？

沒有。

我們走吧。

我們站起來離開教室，快步走向我家。我們飛快地走著，幾乎蹦跳著前進，滿懷希望能在照片中找到露絲的臉。我們做著愚蠢的夢，傻呼呼、開心地在叢林裡飛奔。

事情發生得非常快，快得像是化為蛇的手臂。她的手臂揮動。我看見牆上的影子，然後疾速地，有如蠍子抬起尾巴，或是鬣蜥迅速吐舌，伸進一團蜂巢般忙碌的叮人小蟲中。迅雷不及掩耳，母親手中握著銀色的小手槍，一切準備就緒。恍若整座馬德雷山脈安靜下來，我聽見骨頭壓碎的聲音，那是我以前從未聽過的聲音。

我聽見骨頭壓碎的聲音，子彈擊中了瑪麗亞，射入我同父異母的姊妹，和我父親一個模子出來的另一個女兒。

這是在喝下十瓶啤酒龍舌蘭混酒後可能發生的事。假如他們用針筒抽我母親的血，一定是黃色的。如果把她的血放進試管，舉起來對著光，肯定是純的可樂娜啤酒。但是在我們山區，沒有人會做檢測或報警。

報警就像是邀請蠍子進屋裡，誰會那麼做？母親總是說。

那天下午我母親到底怎麼了？在下午與黃昏間的一刻光線，在那近乎昏暗的光線中，她究竟以為來到門口的是誰？

我跪在瑪麗亞身旁，審視父親的臉。我看著她的臉龐，宛如望進湖水。在湖面下，彷彿能看到湖底的石頭和銀魚，我可以看見她撕裂的臉和縫線，及兔唇的疤痕。

我打開她的衣服查看傷勢的時候，能感覺到雙手中溫熱的血液。

瑪麗亞睜開雙眼，我們互相凝視。

那是什麼？她問。

媽媽，妳究竟是從哪裡拿到那把槍的？我對母親厲聲說出這句話，一邊伸出一手環抱住瑪麗亞的腰部。

米奇。

我想緊緊抓住母親，因為她在瑪麗亞的鮮血為這片叢林施洗時漸漸消失，永遠離開這顆行星。

帶我回到一分鐘前，帶我回到一分鐘前，母親說。

時鐘在她腦海中往回倒轉。倒轉，她心裡想著，按下倒轉。

母親總是告訴我，死神非常準時，從不遲到。

一朵雲飄過頭頂，屋裡暗了下來。我能聽見外頭鸚鵡的叫聲。

母親癱坐在地板上說，她不會有事的，只是擦傷而已。

我用擦碗巾裹住瑪麗亞的手臂，一手環住她的腰部，兩人一起蹣跚走出屋外下山。

公路上沒有半個人，幾輛大客車颼颼駛過，黑色的柏油在我們的塑膠夾腳拖下面發燙，熱氣使得馬路上的機油變成藍綠色。

我們在魔鬼般的酷熱下站了二十分鐘，有幾輛計程車經過，但是要攔到一輛計程車載我們去醫院似乎永遠不可能，沒有計程車司機想讓車內沾上血。我一說我們要去醫院，他們馬上看一眼瑪麗亞的臉。當他們的視線從她的臉往下落到裹著擦碗巾的手臂，他們立即猛踩油門開走。在格瑞羅州，有些計程車的儀表板上會放張紙板的告示，寫著不載血淋淋的身體。

我不斷查看瑪麗亞的手臂，希望抹布能夠遏制或甚至停止血流。

一名計程車司機終於停下來，同意載我們。

他看了一下瑪麗亞的手臂。

不，我可不讓那個進來，除非妳們放進塑膠袋裡，他說。

他伸手到置物箱，拿出一個超市塑膠袋遞給我。

把那隻手臂放進去。

他說什麼？瑪麗亞問。

把妳的手放進袋子裡，否則不能上車。

我小心翼翼地抓著瑪麗亞受傷的手臂，放入超市的袋子，宛如那是一隻羔羊腿。

好了，她的手臂在袋子裡了，我們走吧，我說。

尾端要打結。

抱歉，你說什麼？

把袋子綁好。

我抓起袋子的尾端，利用塑膠袋角在她手臂頂端打了個小結。她毫無異議地任由我這麼做，彷彿由於我母親射中了那隻手臂，所以她的手臂屬於我家了。

所以，妳們惹到誰了？我們順著公路行駛時，計程車司機問。

全墨西哥唯一清楚國內大小事的就是計程車司機。如果想知道發生什麼事，我們就會說，去搭計程車吧。我認為應該有人聚集所有的計程車司機，像是傑可波・札布多斯基之類的人物（那位老記者，我母親發誓他是全墨西哥最後一位品德高尚的人），詢問他們我們國家到底發生了什麼事。母親總說外頭有個計程車司機對寶拉和露絲發生的事知道得一清二楚。

到阿卡波可的車程不到一個鐘頭。我想告訴瑪麗亞她是我同父異母的姊妹，我母親射傷她是因為她喝得爛醉，把瑪麗亞誤認為我們的父親。但是我不得不保持沉默，因為我曉得計程車司機正豎起耳朵想聽八卦。

那人有雙拳擊手的手：指關節粗大而且滿是傷疤。司機用力地緊握住方向盤，為了聽到後座可能傳來的消息，他甚至關掉了收音機。

所以，妳們惹到誰了？計程車司機再問一次。

我決定不回答，將瑪麗亞摟在臂彎裡。

他從後照鏡打量我們。

妳一定是非常、非常壞，才會挨那一槍吧？

他的一頭黑色鬈髮中摻雜了灰白，眼睛周圍有深深的笑紋。

那是個意外，我說。

意外？每個人都這麼說。

拜託。

她是個壞女孩，他說，彷彿瑪麗亞不在場。他會進監牢，妳知道吧？妳知道。

他會進監牢。一旦他們在急診室裡看見槍傷，那裡的醫生，妳知道的，嗯，他們就得通知警方，那是法律規定的。

那是個意外。

我敢說傷口一定很痛。

我緊抿著嘴唇。他的臉從未停止從後照鏡中查看我的表情，我不得不一直扭頭看別處。他觀察我的時間多過看路。

一定非常痛，他說。

當然痛啊，我回答。

嘿，妳的朋友不知道怎麼說話嗎？我常常說如果有人不說話，他們一定藏了某樣東西或隱瞞了某件事。

我說，對，很痛。她說不出話就是因為傷口疼。

妳怎麼不讓我看看妳的小咪咪？他說。妳讓我看的話，我就把錢還妳。妳受傷的朋友不必秀給我任何東西，妳秀就行了。

或許改天吧，我說

妳讓我想起我女兒，像杏仁膏一樣甜。

我看向臉色蒼白的瑪麗亞，她用口形不出聲地說了句混蛋。

我在座位上扭動身子前傾，伸手到背後撩起裙子，隔著內褲在計程車的黑布座位上撒尿，感覺小便濕濕的暖意包圍住赤裸的大腿。母親教會我報復，我曉得這會讓她以我為傲。

我轉身握住瑪麗亞的手臂，想要摸一下她的頭，這很困難，因為瑪麗亞梳著硬如洋蔥的髮髻。我檢查她放在超市塑膠袋裡的手臂，不過袋子並沒有漲滿起來。瑪麗亞神情緊張地看了我一眼，然後頭朝她的身側一擺，血沒有流進塑膠袋。由於她托著自己的手臂，因此血往後下方流，穿過超市塑膠袋的結，流到身體側面。我能看見她肋骨以上的短袖紅色罩衫已經濕透。

就在這一刻，瑪麗亞的頭往後一垂，眼睛閉上。

我以為她死了。

瑪麗亞，醒醒，醒醒，我低聲呼喚。

計程車司機轉過身來看著我們。小姑娘，她最好是死了，這樣我就可以把妳們兩個都留在路邊。

她沒死。

她要是死了，我就把妳們兩個都扔在路邊。我希望她死了，因為我想擺脫妳們兩個。

當我看見一整面的飯店與公寓大樓所包圍的巨大灰白色海灣，嗅聞到鹹味時，我知道瑪麗亞會活下去。她蜷縮身子靠著我，在我的臂彎下。她的頭聞起來有油膩的椰子髮油味，我滿懷愛意地親一下她的頭頂，因為她是我的姊妹，而她很快就會知道這件事。趁我仍保有這個祕密時，我還可以愛她。

我看見海灣時，想起了頭一回來到阿卡波可的事。那時父親仍然與我們同住，我們來探他的班，他當時在一家小飯店當酒保。我記得母親盛裝打扮，穿了件繞頸露背的白洋裝，配上白色高跟鞋，擦上鮮紅色的唇膏。她也為我穿上紅色背心裙，幫我梳了兩條髮辮。

我們要給妳爸爸一個驚喜，所以我們必須打扮得漂亮一點，像個女孩子，才夠驚喜，母親說。

她一手拎著高跟鞋，穿著夾腳拖走到公路邊去搭公車。

在公車上，她用帶在手提包裡的小鏡子檢查口紅。她的手臂仍有些地方微微發紅，因為她一整個早上都在用鑷子拔除前臂的黑毛。

我們從公車站搭計程車到父親工作的飯店。

那間飯店面向海灣，父親工作的酒吧在外面的游泳池畔，在棕櫚葉覆蓋的大屋頂下，陽光穿透屋頂材料的小空隙，照得酒瓶的玻璃發亮。在那之前我從沒看過游泳池，午後陽光在水面上閃閃發光，彷彿水裡裝滿水晶。音響系統轉到當地的廣播電臺，使得空中充斥著鐃鈸、小手鼓、鈴鼓的聲音。

父親倚靠在吧臺上，身穿白長褲與珍珠白的古巴襯衫。他正在抽菸，菸草的煙霧與太陽和海鹽混合在一起。

他一看到我們就把香菸擱在菸灰缸，向我張開雙臂，把我抱起來。他身上有檸檬和美吾髮的味道，他每天早上都將美吾髮護髮霜抹在頭髮上以撫平頭髮。

他放我下來後，用一隻手臂摟住母親，陪她走到吧臺，我們坐在那裡的凳子上，眺望海灣。他為母親調了一杯瑪格麗特酒，杯緣抹一圈鹽，然後將紅色小紙傘插在飲料中。父親用薑汁汽水和柳橙汁為我調製粉紅色的汽水，並在玻璃杯中放一根人魚形狀的塑膠攪拌棒。

我爸媽穿著白色衣裳，突顯出黝黑的膚色，看起來英俊美麗。我想那是我一生中最快樂的下午，直到母親和我坐上回家的公車。

我就知道，她用兩張方形衛生紙擦掉口紅邊說著。妳爸爸跟那個服務生有一腿。

我很清楚她說誰。

我母親非常削瘦，她形容自己時，會把小指翹在空中說，瘦得像根小指一樣。

對我而言，她的小指頭一直是她身體的象徵。

那名服務生穿著非常緊身的衣服，因此腹部凸出在牛仔褲上面，走路時兩條大腿互相摩擦。她是個美女。父親總說女人需要豐滿，無論母親如何努力增胖，就是辦不到。父親說摟著瘦巴巴的女人就像抱著一堆骨頭，他說真正的男人想要枕頭般的肉體。

他從沒說過，麗塔，妳瘦得皮包骨，或者麗塔，妳需要養胖一點，或是麗塔，妳像隻雞翅。他的殘忍從來沒有那麼明顯。

那女人穿著紅色夾腳拖，兩吋高的塑膠鞋跟。我們永遠不會忘記那雙鞋。

我知道母親是對的。那女人親切過頭了，如果有什麼完美的跡象，那就是個準確無疑的跡象，我感覺她隨時會掏出一塊糖果。當然父親失口否認。

公車在幽暗的山區順著颳風的路緩緩行駛，離開海灣，向我們家前進，我能感覺到柳橙汁在胃裡燒灼，我開始覺得頭暈。我們下公車時，母親的高跟鞋鞋跟陷入一灘口香糖般的發燙黑柏油中。她不得不抬高雙腿，將鞋子從軟泥中拔出。

那天是她發怒的開端。她的狂怒是顆種子，就在那天下午種下。等到她射傷瑪麗亞時，那顆種子已長成大樹，以怒氣的樹蔭籠罩我們的生活。

當晚父親回家時，發現他的衣服被丟出前門外，在潮濕溫暖的地上堆成一小堆。

我躺在床上，豎耳聽他們用尖叫似的語調低聲交談。

你真是好樣的，母親說。我想她是這麼說的。

妳別小題大作，父親說。我想他是這麼說的。

他們生氣地壓低聲音說話使得字句破碎不完整。

我會告訴上帝，母親說。我想她是這麼說的。

隔天早晨，父親在爐子邊喝咖啡。他沒有穿襯衫，因為他所有的衣服都被扔在外頭。我曉得他的衣服到現在一定爬滿小隻的黑螞蟻，他必須把蟲子抖出來並扯下來。

早安，黛妃，他說。

他的肩膀上有個大腫包，四周有一圈壓痕，是人的咬痕。

從那時起母親再也無法聽情歌。那晚之前，她是隻鳴鳥，收音機時時刻刻開著，她在打掃房子、煮飯或熨燙父親的白色工作衫時，會隨著璜．蓋伯瑞或路易斯．米蓋爾的歌曲搖擺、旋轉、打轉。可是從那以後，收音機便關了，她大概把自己的快樂也一併關了。

情歌讓我覺得自己很傻，她說。

妳才不傻，媽媽，我說。

那些歌讓我覺得好像吃了過多的糖果、可樂、冰淇淋、蛋糕，那些歌讓我感覺好像是從生日派對回家。

有一次，我們在艾絲黛芬妮家，收音機轉到情歌，旋律充斥在各個房間。我母親驚慌失色，衝出屋外逃離那首歌。她在一棵小橙樹下吐了起來，吐出愛的旋律、和弦、華爾滋、鼓聲。綠地上是純綠色的愛之膽汁。我跑著趕上她，在她嘔吐時為她撥開臉上的髮。

妳爸爸毀了我的音樂，她說。

到阿卡波可也讓我想起那位替母親算錯命的算命師。她的命中包含這次事件嗎？算命師是否告訴過她，她將會射傷女兒的姊妹？

我們經過擁擠的街道朝醫院前進時，我望出計程車窗外，瀏覽T恤店、捲餅攤、餐廳。阿卡波可也讓我想起我們找鎖匠剪斷母親的結婚戒指的時候。在格瑞羅州，大多數人不戴戒指。手和手指在高溫下會腫脹，一旦套上戒指，可能永遠無法取下。

父親離開我們之後，母親無法取下她那纖細的金質婚戒。戒指已嵌入她的手中，成為手指的一部分，消失在腫脹的皮肉裡。在涼爽的夜晚，我有時在她切蕃茄或洋蔥時，能在粗糙的皮膚裡看見金子的閃光。

有一天，我看她花了大半個早上試圖摘下戒指。她嘗試用肥皂和食用油來潤滑手指，但是毫無效果。

幾小時後她說，我們要去一趟阿卡波可，找人切斷這該死的戒指。

好的，媽媽。

假如他們切不斷，我就砍斷手指，就這麼辦。

等到我們坐上前往阿卡波可的公車，我才明白她為何做出這個決定。她遵循《聖經》的邏輯並不讓我感到意外。她做了個夢。

母親聽從夢的指示，彷彿她是摩西。她說人們目前所有的問題大多是因為不聽從、不依照夢的指示行事。要是她夢到蝗蟲即將來襲，我們早在數年前就會搬離山區。很可惜她從來沒做過那種夢。

我夢到了我的戒指，她再說一遍。

夢中有很重要的啟示。

如果我不拿下手指上的婚戒，鳥就會停止歌唱，她說。在夢裡，她站在黑暗中，鸚鵡、金絲雀、麻雀棲止在一棵橙樹的樹枝上。所有的鳥都張大嘴巴，卻沒發出絲毫聲音，牠們全都往後伸長脖子，仰望天堂。

鎖匠用鋒利的銼刀割斷母親手中的戒指，只花了一秒鐘。

這我已經做過幾千次了，鎖匠說著將如今切成兩半的戒指放到母親掌中。

她低頭看著像兩個逗號的金子。

我到底該怎麼處理這個呢？她說。

鎖匠不曉得他拯救了墨西哥的鳴鳥。

在急診室裡，瑪麗亞的手臂縫合好了，也包紮了繃帶。醫生說她運氣非常好，子彈只擦傷了她的手臂。

這天是我母親不幸中的大幸。

當醫生在照料瑪麗亞時，她母親露茲到了。這只能表示我母親告訴她了。

我無法正視露茲。

我盯著醫院的油氈地板。

我曉得這是報應，露茲不會對我母親提出控告。她活該，她怎麼敢跟朋友的丈夫胡搞？這是她自食惡果，露茲該慶幸她女兒還活著。

在電影裡，我母親在射傷瑪麗亞後會大徹大悟，從此不再喝酒。在電影裡，她會一生致力於幫助酗酒者或受虐婦女。在電影裡，上帝會對她的悔悟報以微笑。然而這不是電影。

11

在家裡，母親躺在床上蓋著棉質被單。電視關著。多年來頭一次，我聽見叢林深沉而喧囂的寂靜。我聽見蟋蟀鳴叫，聽到一大群蚊子在房屋四周嗡嗡地飛。她的形體在白布底下看上去像塊大圓石。床邊的地板上有三只空啤酒瓶，褐色玻璃浸淫在從窗戶照射進來的一道月光中，看起來像是金色的。

我坐到床沿上。

我以為是妳爸爸，母親從被單洞穴中嗚咽著說。睡覺吧，媽媽。

我真的、真的以為是妳爸爸，她再說一次。

在靜悄悄的房間裡，我想伸手拿起遙控器，打開電視。

我不曉得該如何與這種寂靜相處。

電視的聲響讓我覺得好像在辦派對，或是感覺好像擁有一個大家庭。電視的聲音是叔叔嬸嬸兄弟姊妹。

母女在剛犯過罪的山上獨處的靜默，就像是世上只剩最後兩人的那種沉寂。

我離開母親，走到自己的小房間。我脫掉T恤，上面沾著瑪麗亞的血，再脫下因尿液乾掉而變硬的裙子和內衣，躺到床上。

我連同寶拉的照片一起拿來的筆記本，仍在牛仔褲的後面口袋裡，牛仔褲現在攤放在床尾。我伸手拿了筆記本，坐在床上，開始讀起來。這是寶拉的筆跡。

筆記本內用鈍鉛筆列了好些東西。前面幾頁列了動物和動物的身體部位，一行行逐個記錄了：兩隻老虎、三隻獅子、一頭黑豹。

接下來幾頁列了女人的名字，有的有姓氏，有的沒有。名單上列著：梅西蒂絲、歐若拉、蕾貝卡、艾米莉亞、華娜、華娜·阿隆多、琳達·岡薩雷斯、蘿拉、雷歐娜，及胡莉亞·曼德斯。

剩餘的筆記本都是空白，只除了最後一頁寫著寶拉的地址：格瑞羅州，丘拉維斯塔，契爾潘辛哥外，康恰家。

我闔上筆記本，塞到床墊下跟照片放在一起，躺下來睡覺。

電視的聲響將我吵醒，正在播放墨西哥城大鬥牛場上的鬥牛。

我躺在床上傾聽。我不明白為何母親在看鬥牛，因為幾年前她已發誓戒除。她看過一部紀錄片，從中得知那些馬的聲帶被切斷，所以在鬥牛時不會嘶鳴或尖叫。在我們的大平面電視上，我們也能看見那些公牛流淚。在山上，我們看見牠們的淚水從眼睛滑落，掉到沾著鮮血與亮片的沙上。

我伸一伸懶腰，走到廚房。母親正在餐桌前喝啤酒，面前有一盤撒滿橘紅色辣椒粉的烤大蒜花生。

她抬頭看著我，我很害怕。我想看到改變，變化會是什麼樣子呢？我們是什麼人？黃色的啤酒眼淚弄髒了她的臉頰。

寶拉走了；艾絲黛芬妮準備搬去墨西哥城，好讓她母親能獲得更好的醫療照護；瑪麗亞再也不會跟我說話；露絲永遠失竊了；我父親在國界的另一邊。

那天早晨山區空空蕩蕩。

我把雙手握成拳，避免自己開始用手指數算失去的人數。

母親注視著我，喝了一大口啤酒。她看起來和以前不同。如果我能像嬰兒時期那樣吮她的手指，嘗起來不會有芒果和蜂蜜的滋味，而是像那些從白變紫的許願骨的味道，她以前常把雞骨放在裝醋的玻璃罐裡，好讓我能看見易脆的骨頭如何轉變成橡膠。

前門處，山區的所有蟲子仍在吸食瑪麗亞的血。

我曉得要是我走出門外，那串蟲子的蹤跡將會直直帶領我到公路去。

我說，媽，妳沒清理，妳要交給螞蟻收拾嗎？

母親用那張陌生的臉孔看著我。

我不清掃血跡，那不是我的事，她說。

從這天以後，母親的脖子總是歪向一邊，豎起耳朵聆聽聲響。我知道她是在注意聽他那雙美國製造的牛仔靴走下公車，踏上發燙的柏油公路，大搖大擺地上山，走向我們家。

他會說，妳開槍打傷了我女兒。

母親坐在餐桌前凝視著我。

她說，黛妃，這一切剛好證明了瑪麗亞是該死的影印機印出來的。

PART
2

12

隔天米奇到公路邊接我。他表現得若無其事，彷彿我母親沒有射傷他妹妹，彷彿他不是開著紅色福特野馬，而是搭公車來接我，帶我去做我的第一份工作——到阿卡波可當小男孩的保姆。

我們約好早上九點，我還以為他永遠不會來了。我等了一小時，客車一輛輛快速駛過，弄得我一身塵土和柴油味。最後他開著新的紅色敞篷車出現了，伸手過來打開車門，示意我進去。他耳朵裡塞著iPod耳機，所以他只是比手勢示意我上車。

他的音樂開得非常大聲，我能聽見耳機傳來輕微的節奏聲。我們在公路上奔馳，他的手指不斷敲打著方向盤。途中某一刻，他轉身拿出Trident清涼口香糖，伸出兩根指頭說，拿兩片。我拿了兩片，使勁咀嚼，吹出小泡泡，在口中擠破，我們一路順著道路前進。

米奇點菸時用膝蓋控制方向盤。他的拇指上戴著一只鑲有大鑽石的金戒指，食指上紋著字母Z。字母Z讓我的內心陷入一片靜默。什麼都別說，什麼都別說，我告訴自己。Z代表墨西哥最危險的販毒集團*，人人都知道。

米奇不打算談瑪麗亞發生的事。他戴著耳機聽iPod裡的饒舌音樂，我則盯著窗外成群的山羊。我端詳他時，心想瑪麗亞不是他的家人，連長相都與他不像。在那輛車中，在那一刻，我明白了她是我最愛的人。這點我以前並不知道，即使在我抱著她受傷的手臂時也不曉得。

別回來了，母親昨晚對我說，她幫忙整理我僅有的一些行李。這個幫我打包的女人是我有別以往的母親，我仍然不大確定這股新鮮感將會變成什麼樣。這是射傷瑪麗亞後的母親，我們需要花些時間去相互了解。

每個人的目標都是永遠不回來。以前有一整個聚落住在這座山區，可是一切在他們興建了從墨西哥城到阿卡波可的太陽公路後就終止了。母親說那條公路宛如一把將人體切對半的彎刀，將我們的人分割成兩半。有些人留在油膩的黑色柏油的這一邊，有些人留在另一邊。這意味著所有人都必須不斷來回地跨越公路。我外婆想要穿過公路帶一罐牛奶去給她自己的母親，也就是我的外曾祖母時，遭一輛大客車撞死。當天公路上灑滿了鮮血和白色的牛奶。

過去幾年來，至少有二十人在橫越公路時喪命。狗、馬、雞、鬣蜥也被撞死，慘遭輾斃的蛇的屍體也在公路上排列成行，有如紅紅綠綠的彩帶。

外婆車禍過世後，母親保留了她為數不多的物品。外婆的宴會鞋仍在母親床下的鞋盒裡。那雙鞋我們沒人合穿，因為我們的足部扁平，而且由於一輩子都穿塑膠夾腳拖，腳趾分得很開。那雙高雅的鞋子是用藍色綢緞製成，前頭繫著漂亮的藍色蝴蝶結，是一位知名的女演員送給外婆的；外婆發誓那人是伊莉莎白．泰勒。外婆曾在火鶴飯店當清潔女工，飯店老闆是強尼．維斯穆勒，飾演泰山的演員。往日浪漫的阿卡波可留下的僅剩母親床下的那雙藍色綢緞鞋。

黛妃，答應我妳會繼續扮醜，母親在我早晨離家前說。

在供奉著啤酒、罐頭鮪魚、螞蟻、洋芋片、撒滿糖粉的包裝甜甜圈的餐桌上，我答應她我絕不會擦口紅或香水，也不會留長髮，會繼續留著男孩似的短髮。

躲在陰涼處，別走在太陽下，她說。

好的，媽媽。

我思酌是否應該帶上寶拉的照片和筆記本，最後決定放進袋子裡。我很清楚假如留在這裡，叢林的蟲子會將東西嚼得稀爛，或是濕氣很快就會讓照片和筆記本發霉。

公路的興建是我們家族毀滅的開端。因為需要工作，大家紛紛離去，很多人前往美國。我外公和母親的兩個兄弟及他們的家庭全都搬到聖地牙哥。他們在外婆車禍過世後就離開

*指的是洛斯哲塔斯（Los Zetas），在墨西哥勢力極龐大的暴力犯罪集團。

了。他們從來不想往回看，因此我們再也沒收到他們的消息。母親說毒販終於毀了我們的山區，沒有任何聚落能挺過那麼多悲劇。

留在這山區的只有幾個仍知道如何用酪梨葉包住鬣蜥烹煮的婦人。

米奇載著我駛向太平洋，冷氣吹在我臉上涼爽宜人。

我們順著公路前進時，我盯著山上為了闢路而切割開的粉紅石頭，看上去有如擦傷磨破的皮膚裸露在外。

13

到阿卡波可的半途中，米奇駛離公路，開上一條泥土路。我看向他，但是他忘我地沉浸在iPod的音樂中，我想他已忘記我在旁邊。我望出窗外，想到母親獨自住在山上喝啤酒看電視，感到非常慚愧，因為我很清楚在這又大又圓的藍色行星上我唯一想做的就是尋找父親。

車速讓周圍揚起一片塵土。我覺得我們就像電視上的汽車廣告，車子突然偏離道路，駛上地形崎嶇的區域，以顯示能夠開到任何地方。在廣告中，米奇和我會是一對戴著墨鏡，穿緊身牛仔褲的情侶。我的鬈髮會被風吹起，如瀑布般垂在背後。

我們在兩旁都是棕櫚樹的道路上行駛約莫二十分鐘後，抵達了一間破舊棚屋，有張黃色吊床在兩棵樹之間搖擺。

米奇關掉引擎時，一名高大的光頭男子走出棚屋。那人站在那裡，沒有向我們走來。

米奇拔出耳塞式耳機。

乖乖待在這裡，別離開車子，米奇說。

那人瘦得皮包骨，牛仔褲垮到臀部上，藍色T恤與皮帶之間露出一截棕色的肌膚。他的髖骨突出，在身體兩側留下深深的影子。另外他打著赤腳，戴了頂磨損破舊的寬大草帽。

他拿著機關槍筆直地對準我們。

我們到這裡做什麼？我壓低聲音對米奇說，彷彿那人能從那邊聽見我們說話。

別動。

我們到這裡做什麼？

安靜，別說話。

米奇下車，朝那人伸出手，比手勢表示住手。

她是我妹妹，米奇大聲說。嘿，老兄，別擔心，她是瞎子。

那人看了我一眼又轉回去盯著米奇。

她是瞎子，真的，她生下來就失明了。

那人放下機關槍。

米奇轉身，拿著一樣東西對準我，我聽見車門上鎖的聲音。那是汽車遙控器，不僅把我鎖在敞篷車內，同時鎖住車窗。

米奇和那人走進棚屋。

在棚屋右邊，有三輛黑色凱雷德停放在幾株棕櫚樹的樹蔭下，還有兩隻羅威納犬以皮帶綁在運動休旅車的檔泥板上。兩隻狗在酷熱之中費力地喘著氣，暗紅色的舌頭垂在嘴巴外。

在厚實細長的龍舌蘭仙人掌葉上有兩件小女孩的連身裙在太陽底下晾曬，一件白色，一件藍色。

隨著時間一分一秒過去，我覺得世界似乎愈來愈安靜。就連昆蟲的嗡嗡聲都消失了，我在上鎖而炎熱的車內逐漸被烤乾。

連身裙晾在龍舌蘭仙人掌上，讓我想到小女孩從袖子露出來細如嫩枝的手臂。那兩件衣服差不多乾了，被熱風吹得揚起。

仙人掌旁邊的地上有個玩具桶和一支玩具掃帚。

Trident清涼口香糖已失去馬戲團粉紅棉花糖的味道。

我的思緒在酷熱車內的白日夢中遊蕩。

由於引擎與空調關掉，窗戶緊閉，我的身體吸收利用了車內所有的空氣。大腿的汗水濡濕了牛仔褲，我渾身大汗淋漓，感覺口渴暈眩，幾乎熱昏了頭。我想像出一幅幻景，有白色海鷗在棚屋、羅威納犬、那個瘦骨嶙峋男人的上空飛翔。在熱得難受的白日夢中，我把鳥想成雲朵，並想像有個身穿白色連身裙的小女孩從地上撿起海鷗的羽毛。

到某一時刻，我無法判斷自己究竟是被鎖在車內十分鐘還是兩小時。等米奇走出棚屋，狗吠叫起來，我才驚醒。

米奇走向車子。他從牛仔褲掏出車鑰匙，把遙控器對準，我聽見窗戶底下的鎖彈開。他快步走著，低垂著臉避開太陽，打開車門，溜了進來。

發生了什麼事？我問。

妳睡著了嗎？

那人是誰？

把車窗搖下來。

米奇將一個小塑膠袋放在我們之間的座位上。他發動引擎，把車子調頭，我們重回那條泥土路，駛向公路。

米奇跟隨腦中的嘻哈音樂用手指敲打方向盤。

他滿頭大汗，汗珠從頭髮滴到脖子後面。他將汽車的方向盤夾在膝蓋之間，用熟練的手法迅速將襯衫從頭上脫掉。

他的胳膊上紋著數字二十五，旁邊是一朵深紅色的玫瑰。我坐在他身旁，聞得到那朵花的味道。我可以嗅到他手臂上的玫瑰香，彷彿我正傾身湊近玫瑰叢，嗅聞柔軟的花瓣。

所以他們為什麼給妳取名為黛妃啊？只是因為妳媽很喜歡那個王妃嗎？米奇問。

才不是呢，米奇。

我不會告訴他，母親給我取名為黛妃，是因為她痛恨查爾斯王子對黛安娜所做的事。拜電視之賜，母親對整個故事知之甚詳。她喜歡任何遭男人背叛的女人，那是一種由痛苦與憎恨所形成的特殊姊妹情誼。她經常說，倘若有聖徒代表遭背叛的女人，那個聖徒必定是黛安娜王妃。某一天，從人物傳記頻道，母親得知查爾斯王子宣稱他從未愛過她。他為什麼不乾脆說謊？他為什麼不乾脆說謊呢？母親說。

母親以黛妃為我命名並非基於她的美麗與名望，而是基於她的恥辱。母親說黛安娜王妃的人生是真實的灰姑娘故事：壁櫥裡裝滿了破碎的玻璃鞋、背叛，還有死亡。

有一年生日，我得到一個戴著頭冠的塑膠黛安娜王妃娃娃，是父親為我從美國買回來的。事實上，多年來他買了好幾個黛安娜王妃娃娃給我。

我的名字是母親的報復，那是她的人生哲學之一，她不重視寬恕。在她的報復哲學中，有各種各樣可能的情況。比方說，報復的對象不需要知道報復的行動，我父親和我的名字就是一例。

初次見到我的人都對我的名字感到驚訝，會用非常甜美的語調大聲重複幾次，我的嘴裡幾乎能嘗到糖粒。我知道他們在比較我和黛安娜的臉蛋，為我感到難過。他們在對照我的黝黑與她的白皙。

在阿卡波可市郊，米奇必須通過一條長長的隧道，該隧道貫穿海灣前最後一座山的中央。我搭乘公車或計程車進入這條隧道許多次。

當我們駛出幽暗的隧道，明亮的海面陽光灑滿整個車內。

米奇的淺藍色牛仔褲被噴濺出斑斑血跡。

現在我知道血可以聞起來像玫瑰。

母親曾看過一部紀錄片，介紹哲塔斯幫派如何把人變成殺人凶手。她說他們把人的雙手綁在背後，強迫他跪下吃掉自己或者別人的嘔吐物。

米奇和我穿過城中街道，駛向阿卡波可的舊市區，那裡的一九四〇、五〇年代的破敗宅第曾經遭到廢棄。直到近年來，開始有人收購這些房地產加以整修。這些房舍座落在卡萊塔與卡萊蒂亞海灘上方，建在山腰的岩壁中。從這裡，左邊可一覽海灣的景色，正前方是羅奎塔島，往右邊則可眺望遠處遼闊的海洋。

妳知道嗎，妳爸爸到現在都還寄錢給我媽，米奇說。

什麼？

對啊，妳爸爸到現在都還寄錢給我媽。

我才不相信你呢，他好多年沒寄錢給我們了。

反正，他會寄錢給我媽，每個月都寄。

拜託，請告訴我這不是真的，不可能是真的。

好吧，那就不是真的。

他住在哪裡？錢是從哪裡寄來的？

紐約市。

米奇停靠在一間剛漆過白色油漆的大宅前，讓我在前門下車。

他說，去吧，就是這個地方，下車。

他把我扔在大宅前門，自己甚至沒下車。當你殺了人，就連禮儀都忘了。

我乖乖地聽話，我知道該服從殺人凶手。當他遞給我從棚屋拿出、後來放置在我們之間的塑膠袋時，我順從地接下。他吩咐我好好保管直到他需要取回的時候，我也服從。我按照他的吩咐，將塑膠袋放進拉鍊壞掉的黑色行李袋。我服從再服從。

米奇搖下車窗。

過幾天我會回來拿那個袋子，他說。

好。

別偷東西。

我才不會偷東西。

妳是妳媽的女兒。

閉嘴！

我按了門鈴。米奇開車走了，他沒等著看是否有人為我開門。

過了一兩分鐘，一名傭人來開門，她身著淺粉紅色的制服，罩著乾淨筆挺的白色圍裙，灰白的直髮以綠緞帶編成髮辮再固定在頭上，如同前額上的頭巾或王冠。她年約七十，擁有棕紅色的皮膚及淡褐色的小眼睛。我覺得她長得像松鼠。

我也是站在鬼魂，或者母親所說的「墨西哥鬼」前面。那是母親指稱任何老東西的用語。多年來，母親和我只需要說「鬼魂」，兩人就完全明白對方指的是什麼。鬼魂可能在一只籃子、一棵樹、玉米薄餅的味道，甚至在一首歌裡面。

她輕聲說話，告訴我住在這裡的一家人已出門超過一星期，她不曉得他們何時會回來。她的名字叫哈卡蘭達，我跟在她身後進屋時，聞到她身上像是椰子油和柳橙的味道。

哈卡蘭達說明這間住宅屬於多明哥一家，包括路易斯·多明哥先生、蕾貝卡·多明哥太太，以及他們的六歲兒子亞歷克西斯。

哈卡蘭達帶我穿過屋子時，我能感覺到母親走在我身旁。我幾乎能聽見她向白色皮沙發與成套的白色皮抱枕吐口水；唾棄有芭蕾舞伶銅像立於正方形支架的玻璃桌；對冷冰冰的大理石地板吐唾沫；唾棄廚房的白色磁磚地板和不鏽鋼水槽。

我能聽見她說，這太乾淨了，讓人受不了。還有，在我環顧四周時，我知道她會要求我描述一切，她會想知道我能偷什麼帶回去給她。她會打量這間屋子說，我們需要祈求一些污垢。

客廳的窗戶朝向懸崖上的花園，望出去即是大海。一尊實物大小的駿馬銅像矗立在高大的九重葛樹下。花園的一側有座游泳池，是在地上鑿刻出烏龜的形狀，再以淺藍色的磁磚砌成。

哈卡蘭達打開玻璃門，帶我走進花園，沿著一條小徑走向傭人房。我們各有自己的臥室，不過共用一間浴室。

我的臥室裡有張單人床和一張椅子，還有一扇望向車庫的小窗。房間內有刺鼻的花香清潔劑氣味。我從窗戶望出去，可以看到一輛白色賓士敞篷車與一輛黑色凱雷德並排停在車庫裡。

哈卡蘭達告訴我，我也必須穿和她一樣的制服。她吩咐我去換衣服，並指示我安頓好以後到廚房去，她會為我準備午餐。

我拿出行李裡為數不多的物品，將寶拉的照片和筆記本，以及米奇的塑膠袋，一起藏在床墊下。這小房間裡沒有其他地方可藏。

我的手機響了，是母親打來的。

我曉得她站在空地上，手臂舉在空中，設法接收到訊號，胳膊因為高舉著手機並且辛苦地兩手來回互換而痠痛。

那裡很糟糕，對吧？她說。

對呀，這地方髒死了。

妳說真的嗎，那裡到底怎麼樣？

這裡很好。

可是妳討厭那裡吧？

對呀，我恨透這裡。

我們之間反覆說著這種謊。事實是我已經愛上了這間海風習習的潔淨房子，而母親巴不得我馬上回家。

撐著點，試一下，繼續待在那裡。

嗯，我會試試看的，媽媽。

如果妳不喜歡那裡，隨時都可以回家。

電話突然斷訊，這種事情時常發生，意味著你必須一次又一次地回撥。我們都知道這是那個擁有電話公司的男人卡洛斯．史林成為世界首富的原因。他確保墨西哥的每個人總是非回撥不可。

你要怎麼辦？我母親經常說，別再打電話給家人？不再打電話給醫生？再也不打給任何有可能，只是可能，協助你尋找失竊女兒的人？所以當然我們大家都回撥！

我把電話關機到廚房去，穿著來自叢林的紅色塑膠夾腳拖走過涼爽的白色磁磚與大理石地板。

哈卡蘭達正在爐子上煎夾滿起司和生青辣椒的玉米薄餅，叫我到早餐桌旁坐下。從廚房能看到海灣的景致。

桌上有三處擺好餐具，甚至在高水晶玻璃杯旁各有三罐鹽及胡椒。水晶玻璃杯中裝著加了些檸檬皮的檸檬汽水。

哈卡蘭達從冷凍櫃取出製冰盒，將星形冰塊倒入飲料中。

她把兩份玉米薄餅放到我前面的盤子後坐下，費了番力才擠進椅子和玻璃桌之間。

她解釋道，一旦生過孩子，肚子就一直想恢復到那個尺寸，好像渴望寶寶再回來。

哈卡蘭達雙手放在肚子上自豪地說，我有十一個孩子。

在我用餐的時候，她告訴我過去八年來，她都在這間屋子工作，在那之前曾在旅館當清潔女工超過四十年。

在旅館工作過，你對人性就會看得很透徹。

我吃著玉米薄餅邊聽她說。

大多數人都很和善，她說明道，而大多數的女人都對她們的男人不忠。

我告訴她母親會駁斥這個資訊。

不是那樣，哈卡蘭達堅持。只是有件事情沒人搞懂，男人外遇會被逮到，女人不會。

哈卡蘭達還告訴我客人會從旅館房間偷走各種東西，連電燈泡也不放過。

當然，這點我很清楚，母親無時無刻都在偷電燈泡。

哈卡蘭達回憶她的第一份工作是穿街走巷地敲門，詢問貧困的婦女是否想要出售髮辮，她以一根辮子十披索的價格收購。有時婦人會當場剪斷長長的辮子或馬尾辮，因此哈卡蘭達隨時都帶著一把鋒利的剪刀。大多時候髮辮是收在那些婦人的壁櫥和抽屜的盒子或袋子裡。

那是在大家都製造人造絲假髮從中國進口之前的事了，她解釋。那年代女人還留長髮。現在大多數人都不再留很長很長的頭髮了。

是呀，以前女人都把頭髮留到及膝。我在阿卡波可這兒為一名女性工作，她擁有一家製造假髮的小公司，將挨家挨戶收購來的頭髮分成三類：短、中、長，然後消毒、染色，製成全頂式假髮和局部髮片。那些局部髮片非常時髦，在墨西哥城市中心的店鋪裡販售。

妳還留著那種頭髮嗎？我問。

沒有，不過我以前經常想像墨西哥的貴婦在舞會上跳舞，戴著格瑞羅州赤腳納瓦印第安人的頭髮。

一個難忘的日子，哈卡蘭達單從一家就收購了十條髮辮。這些辮子來自五代的婦女，髮色從黑到灰到白。

所有的髮辮都跟我的手臂一樣長，哈卡蘭達回想。

好難想像喔。

我以前時常拿自己的頭髮刺繡，我把頭髮當線用，哈卡蘭達說。

我媽媽還用她自己的頭髮縫鈕釦或修補下襬。

對，我也經常那麼做。

還有別人住在這裡嗎？我指向餐桌上擺著第三副餐具的位子問。

有啊，園丁胡立歐。他今天不會出現，不過明天會回來。

午餐過後，哈卡蘭達帶我參觀房子。

我們走過各個房間時，哈卡蘭達一直嚼著小紙片，白色的紙漿偶爾會出現在她的齒間。哈卡蘭達說這是她從小養成的習慣，因為她母親太窮，沒辦法買口香糖給她。她想讓朋友以為她在嚼真的口香糖，最後就變成了習慣。

每個房間似乎都無人居住，地板乾淨到我認為掉一片蘋果或吐司在地板上，還可以撿起來吃掉。我的皮膚比地板還髒。地上沒有招引螞蟻的麵包屑，也沒有招來蠍子的蜘蛛，沒有任何蜘蛛網。屋內沒有個人的物品，比方說披在椅背上的夾克，擺在桌上捲起的雜誌，或陳列在相框裡的照片。

主臥室有張特大號雙人床，面對一扇可眺望花園及海的大窗。床上方的牆壁掛著一尊耶穌在十字架上的木雕。房間通往一間大浴室，中央有按摩浴缸和一張按摩臺。臥室裡有扇門關著，我們沒看裡面。哈卡蘭達解釋那是他們放衣服的更衣室。

那門上了鎖，她說。

主臥室隔壁是男孩的房間。

他年紀還小，還沒上學，妳得陪他玩，哈卡蘭達說。

這是唯一看起來有人住的房間，到處都是玩具，堆在每處表面和地板上，至少有三十個絨毛動物玩具扔在床上，像一堆枕頭。其中一座五斗櫃上擺了三個裝滿糖果的大玻璃罐，紅、黃、綠的M&M巧克力豆在阿卡波可的陽光下閃閃發亮。

男孩的床雕刻成鯨魚的形狀。

哈卡蘭達帶我參觀的下一個房間是電視廳，有占滿整面牆的電視螢幕，宛如一間電影院。螢幕前面有兩張沙發、三張扶手椅、兩張大的懶骨頭沙發。另外一面牆壁從地板到天花板擺滿了DVD收藏。

這是他們的嗜好，看電影吃爆米花或熱狗。他們可以反覆重看同一部電影，哈卡蘭達說。

我在電視上看過這種屋子。

我從未在大理石地板上走過，那感覺像是走在一片冰上，但是我見過。我從沒坐在擺設完美的餐桌前過，有兩副刀叉、一支湯匙、一條熨過的亞麻餐巾，但是我見過。我從來不曾使用過鹽罐，或看過玻璃杯裡的星形冰塊，但是我見過。

頓時我明白了，我到埃及的金字塔也會覺得眼熟。我確信我能夠騎馬或是在非洲駕駛吉普車觀察野生動物。我曉得如何烹煮義大利千層麵，用套索捕捉小牛。

我記得一些在電視上看過的暴力和災難，有助於建立我的電視知識。

想到這點，我的口中嘗到牛奶發酸的味道，就像在燠熱叢林的桌上擺太久的牛奶。對，洪水會感覺熟悉。是的，車禍會覺得很常見。我想沒錯，強姦會感覺熟悉。是啊，我可能即將死亡，就連臨終之榻也會似曾相識。

然後我想起在那座大牧場的米奇和噴濺在他衣服上的血液，即使我沒進那間殘破的棚屋，也明白發生了什麼事。

我在電視上看過我的人生。

14

住在傭人房的第一夜，我躺在床上，盯著開向大車庫與汽車的小窗，沒有別的東西可看。

房間瀰漫著一股汽油味，好似睡在墨西哥石油公司的加油站裡。

我曉得我不必擔心蟲子，這屋子聞起來像不斷燻蒸消毒的腐爛檸檬。

當晚有個問題讓我掛念在心，我好奇事到如今瑪麗亞是否知情。他們一定告訴了她，這就是上帝懲罰她得到兔唇的原因，那是對她母親與我父親偷情的詛咒。鐵定有人把真相告訴了她，說明我母親為什麼會開槍射她。

瑪麗亞會照著鏡子，在她自己臉上處處看見我爸爸的臉嗎？

我想知道米奇所說我父親寄錢給瑪麗亞的母親一事是否屬實。若是我母親發現了這件事，她肯定會找到他，她鐵定會的，渴望他的日子將會結束。

我躺在床墊上想著這些事，床墊下藏著寶拉的照片和筆記本，以及米奇的塑膠袋，裡頭裝著一塊海洛因磚，可分裝成五十小袋的一大塊磚。

15

翌日早晨，園丁胡立歐從前門走進來，我就墜入了情網。

他徑直走入我的體內。

他爬上我的肋骨，進入我心裡。我暗自心想，為梯子祈禱吧。

我想要嗅聞他的頸子，將嘴唇貼在他的唇上，品嘗他，擁抱他。我想要聞聞花園、青草、棕櫚樹的味道，以及玫瑰、樹葉、檸檬花的芳香。我愛上了園丁，他的名字叫胡立歐。

我整個早上都跟著他在花園裡走來走去。他修剪、挖掘、切割，用手指揉搓檸檬樹的葉子聞一聞；從牛仔褲的後口袋拿出一些扁平的銀色種子壓入泥土中；用長長的大剪刀割草。

一個鐘頭後他走開，到車庫搬出一把梯子，以便修剪實物大小的駿馬銅像旁邊沿著一面牆生長的粉紅色九重葛。在他剪斷繁茂過度的樹枝時，黃色的花粉抖落到空中，花朵覆滿地面，猶如紙花。

胡立歐約二十出頭，由於整天在太陽下工作，皮膚曬得黝黑。他有一雙淡褐色的眼睛，留著短短的爆炸頭，頭髮豎起，宛如一頂黑色王冠。

胡立歐對花朵樹葉很溫柔，他用雙手捧起玫瑰，似乎非常榮幸能擁有那些花。他將藤蔓纏繞在手指間，彷彿那是一綹綹的髮絲。他輕腳走在草地上，好似不希望他的體重壓斷或甚至彎折小草葉。

在我生活中的植物向來是對抗的對象，樹上到處是狼蛛，藤蔓扼殺一切，大隻的紅火蟻生活在樹根下，蛇躲藏在最美的花朵旁。我也懂得遠離一塊塊不尋常乾枯的褐色叢林，那些叢林是遭到直升機拋下的除草劑扼殺，毒藥會繼續灼燒侵蝕土地幾十年。在我生長的山區，大家總是夢想著城市，只有水泥沒有昆蟲可以存活。我們絕對無法想像為什麼有人會想要花園。

因為我愛胡立歐，外面街上的汽車與卡車聲聽起來像河流，大客車排放的柴油廢氣聞起來像花朵，而前門擺了五天的腐壞垃圾聞來芳香。水泥牆成為鏡子，我醜陋的小手變成海星。

我跟著胡立歐在花園裡走來走去的幾個小時內，他始終沒跟我說過半句話。

每天在胡立歐離開後，我就坐在自己的房間祈禱，祈禱那座種著九重葛樹、玫瑰、檸檬、木蘭樹，有著許多樹蔭的美麗花園乾枯，草坪長滿雜草，祈禱胡立歐不得不每天來這屋子照料生病的花園。

一天我睡著以後的深夜，我的手機響了，是我母親，她怒氣沖沖。

我不曉得她是不是喝醉了，但我確信她獨自站在黑暗的空地上，對著電話尖聲大喊。通訊品質很差，我也開始大吼，彷彿聲音能夠穿過城市街道，跨越山巔，順著公路而下，傳到她耳朵裡。

收訊不良，加上她大吼大叫，我聽不懂她打來做什麼。

妳自己一個人在德爾非那裡幹什麼？很晚了，外面很暗，回家去吧，我大聲喊。

妳偷了那個東西！妳把東西拿走，甚至沒徵得我的同意。

我拿了什麼？

少來這一套，妳明明知道自己拿了什麼。

什麼？

妳馬上搭公車把東西還回來。

這樣的對話反覆來回，最後電話斷線了，我始終沒搞懂她以為我偷了什麼東西。她沒再打來。

我閉上雙眼，想像接下來的事。母親咒罵著關上電話，她飛奔下山，衝回我們的小屋，腳趾伸出夾腳拖前端，緊扣著塑膠鞋底，宛如鸚鵡的爪子緊抓住樹枝。我能看見她失足滑倒。

我祈禱當晚沒有月亮，伸手不見五指，她迷了路，被樹絆倒時還遭蠍子螫了手。再怎樣反向的祈禱都不夠。

我抵達的時候，哈卡蘭達給了我兩套制服。因此，和她一樣，我穿著粉紅色的連身裙，並在制服上面圍著白色圍裙。

隔天早晨我進廚房時，哈卡蘭達已經起床，正在煮咖啡。她給我一盤炒蛋，裡面加了幾片熱狗。

我問她我們的雇主何時會回來，但是她不知道。她說他們原本應該只是出門度個週末，去拜訪住在索諾拉州諾加列斯市的親戚。

早晨逐漸展開時，哈卡蘭達向我介紹雇用我們的這家人。

多明哥先生在科亞維拉擁有一座大牧場，非常北邊，就在邊界城市拉雷多的對面。那座大牧場以體型碩大的白尾雄鹿聞名，所有的動物都是在他的土地上捕獲的。

去年一月，哈卡蘭達頭一次到那座大牧場。在主屋一側有一大塊柵欄圍起的草地，裡頭有許多鹿。屋子後面有些鐵籠，裡頭關著年老的獅子和老虎，是多明哥先生從動物園買來的。

來自美國的有錢人喜歡到那裡打獵，哈卡蘭達說，殺一頭鹿需要花二千美元。

聽起來好像很少。

很少？天曉得？鳥不用錢啊，猴子也免錢。

他們有猴子？

沒人想獵殺猴子，她說。

哦，真的嗎？為什麼？

為什麼要殺免錢的東西呢？

她待在那裡期間，有一群從德州來的生意人租下大牧場狩獵。牧場主屋的大客廳裡有一張北極熊皮的地毯，還有幾十顆鹿頭掛在牆上。寬大的酒吧圓凳以象腳製成，燈具則是用鹿腿製造，以長鑽子挖空鹿腿，好讓電線可以穿過。

哈卡蘭達說多明哥先生喜歡到非洲打獵，一年一次，她在那裡工作期間，有兩只大行李箱抵達主屋，裡頭裝著死去的動物，如衣服般攤平，稍後才填充起來。

哈卡蘭達的工作是清潔房間內所有動物標本的玻璃假眼。

多明哥先生喜歡那些眼睛看起來真實閃亮，她說。

每星期兩次，哈卡蘭達必須將水桶裝滿水和漂白劑，然後站在梯子上用抹布擦淨玻璃假眼，好讓那些假眼富有生氣而閃亮。她說她仔細查看，想找出子彈進入動物體內的彈孔，然而那些獸皮縫得完美無缺，根本看不出來。

哈卡蘭達說多明哥太太是個和藹可親的女人，出身於索諾拉州的古老家族。她富有教養、舉止高雅，她的丈夫則否。多明哥太太討厭住在阿卡波可，哈卡蘭達說她總是向多明哥先生吵著想離開這裡。多明哥太太大多數時間都在看電影。

她不像其他女人喜歡逛街或是上美容院，只待在家裡看電影、陪兒子玩，哈卡蘭達說。總之，多明哥先生不喜歡他們出門。

多明哥先生在阿卡波可出生，他父親幾年前過世了，生前開了一家小旅館，就是哈卡蘭達多年前工作的那間。

這就是我來這裡的經過。我早已經為這家人工作，在他們的旅館裡負責清潔房間。

我們吃完早餐後，我到花園去等著胡立歐到來，好跟在他後面四處走，看著他工作。從花園我能夠眺望大海，那天我看見兩艘大型遊輪駛進港口。幾艘小船從碼頭發動引擎，開到遊輪邊接乘客，載他們到阿卡波可逛街。

胡立歐到了以後，我跟在他後面走來走去，看他工作。他默默地接受我的愛慕之情，我不知道該如何用其他方式表達。我愛他，想要他，沒有人事先幫我為這份愛慕做好準備。

我渴望得到命令，聽到他說，給我拿杯水來。

我期盼他說，在我搬梯子的時候，幫我拿著大剪刀。

我希望他給我指示。

我想順從他。

我想要跪下。

我們走在安靜的花園裡，愛上修剪栽種植物的聲響。

每天哈卡蘭達和我起床，沐浴，穿上粉紅色制服，圍上乾淨的白色圍裙。她穿白色的塑膠護士鞋，我則穿我舊的塑膠夾腳拖。

每天我們梳洗準備迎接雇主返家。每天我們打掃乾淨的屋子，胡立歐用長網子撈出游泳池裡的落葉。

主人給哈卡蘭達打理家務和購買食物的錢慢慢用罄。我們吃光食物儲藏室裡的所有食物。有一天我們把魚子醬包在玉米薄餅中，佐以辣蕃茄醬，當成一餐。

我們從來沒碰那一瓶瓶的香檳或成箱的酒。

某天，我和哈卡蘭達、胡立歐一起坐在廚房裡喝檸檬汽水，哈卡蘭達說，我得告訴你們兩個一件事，我昨天得到證實了。

什麼事？胡立歐問。

我們全都懷疑過，不過現在我確知了。不會有人回來這間屋子了，他們全在幾個月前在諾加列斯外的公路上遭到殺害。

再也不會有人出現了，胡立歐說。

那個男孩也死了嗎？我問。

新聞裡是這麼說的。花了這麼長的時間才確認他們的身分，死者很多。

我們大家都知道全墨西哥各地都有無人返回的空屋。

我要留下來，哈卡蘭達說，再找另一份工作。

我也是，胡立歐說。

我也是，我回應。

胡立歐很滿意我的跟前跟後。他仍舊打理花園，他說他這麼做只是出於重視花園。我為他拿大剪刀，感覺彷彿握著他的手。對我來說，一袋袋的枯葉、梯子、大剪刀、耙子，以及游泳池的撈網都成為他身體的各個部位。

有一天，我跟著他到車庫，他需要拿些肥料撒在木蘭樹下。一袋袋肥料堆疊在巨大的汽油箱旁，那油箱甚至有加油幫浦，就像加油站的一樣。

一根火柴，一丁點火星，只要一根火柴，就能炸掉整間屋子，胡立歐說。我跟著他走進昏暗炎熱的車庫。

在車庫裡，胡立歐陷進我體內。他的體重將我壓在賓士車門上，我能感覺到門把抵住我的後腰。

胡立歐讓我轉向側邊，然後打開車門，把我往後推，直到我躺在汽車座椅上，兩腿懸在車門外。車內聞起來有皮革與香水的氣味。胡立歐把我的粉紅色制服從大腿拉到腰部，再將我的內褲從兩腿褪下。我聽見我的夾腳拖從雙腳掉落到地板上。

從那天以後，胡立歐就搬進屋內。他早上都在花園裡修剪植物，給草坪割草，或者投放化學藥品到游泳池裡，下午我們就看電影。

起初，我們睡在我小傭人房裡的狹窄單人床上，但短短幾天我們就搬到主臥室去，在按摩浴缸裡洗澡，睡在特大號的雙人床上。哈卡蘭達毫不在意，因為這時她住在兒童房裡，睡在鯨魚形狀的床上。

在浴室裡，我喜歡窺探多明哥太太梳妝臺的每個抽屜，其中一個裡面起碼有五十支唇膏，另一個抽屜裡，她擁有二十多瓶不同的香水。我一一嘗試。我會用蘭花乳霜擦遍全身，再用摻了金粉的潤膚霜塗抹膝蓋和手肘。我也擦了她的香奈兒五號香水。

水槽下面我發現了一盒珠寶，盒子沒有上鎖，藏在一條毛巾裡。盒內有兩條粗的金項鍊，一只勞力士金錶，一只鑲了超大鑽石的戒指。我把那件寶石首飾戴在無名指上，合適極了，我再也沒摘下來。

如今我們成為情侶，胡立歐和我談天，我得知了他的人生。他說話的方式很奇怪，每件事都要說上兩三次，但是說法總是不同。我慢慢了解了他說話的規律性變化，我猜想那是墨西哥北部人的說話方式。

我這人就是反覆無常，他說。妳要我怎麼說呢？我掉進河裡像隻老鼠，是像河裡老鼠的那一種人。沒錯，我了結了某個人的生命，我這人反覆無常。

他叫我黛妃公主。

妳是我的唯一，他說。我願意為妳擦亮我的鞋，為妳在雨中站上五個小時，就只有妳，黛妃公主。

我決定不告訴他母親為何以黛安娜王妃的名字幫我命名，因為我不想傷透自己的心。

我渡了河，可是在岸邊被逮到，看守監視我的衛兵扭頭看別處，為我開了路，胡立歐說。

胡立歐殺了美國邊界的巡邏衛兵。這就是他成為阿卡波可的園丁，而非在加州當園丁的原因。

胡立歐以前在多明哥先生的大牧場上工作，在新拉雷多長大。他殺掉邊防衛兵後回到墨西哥，多明哥先生幫助他迅速離開，盡可能遠離美國邊界。他給了胡立歐一份工作，讓他在阿卡波可的自宅中當園丁。胡立歐說多明哥先生最痛恨的莫過於美國邊界巡防隊。

我必須假裝溺死在河裡似地活著；必須看起來像是消失了，體內浸滿水，飄到大海去。所有的美國邊防衛兵都以為我溺死在格蘭河，也就是布拉沃河裡，胡立歐說。

現在我明白為何哈卡蘭達不干涉我們。胡立歐徒手殺了人，她曉得胡立歐抓住邊防衛兵的頸子扭斷，宛如那是一根嫩枝。

我們在那間屋子裡同居了六個月，等著事情發生。如此等待讓我想起小時候生病，日子一天天過去，不知何時能重回學校的感覺。有一次我發高燒，躺在吊床上。連續好幾天，我母親搖著吊床，搧走我身上的蒼蠅，直到手臂痠痛。在我住的山區，為人搧趕蒼蠅是一個人為別人做的最體貼慈愛的動作。當我看到電視上的紀錄片時感到非常困擾，蒼蠅在喝非洲孩子眼睛裡的水，沒有人發出噓聲趕走蒼蠅，包括拍攝的人。國家地理頻道的攝影師只是拍攝那些蒼蠅在喝淚水。

有一次，我告訴胡立歐我厭倦了關在屋子裡，於是他為我倆計畫了一日遊。

這是我來了以後頭一次離開這間屋子。我換下傭人制服，穿上牛仔褲和T恤。自從和米奇抵達的那天，我就沒有再穿過這些衣服。我能感覺到舊衣裡的身體和以前不同了，是由於走在大理石而非泥土路上，蓋著層層毛毯睡在冷空氣中，以及與胡立歐夜復一夜的歡愛。

我們走下山丘，從大理石屋走到卡萊塔海灘。

我們走路時，胡立歐牽著我的手。妳是我的小寶貝，別放開我的手，他說。

他喜歡把我當成小孩對待。我想他會從口袋拿出面紙擦我的鼻子，他一副帶我去糖果店的樣子。我喜歡當他的小寶貝，因此我在他的身邊蹦蹦跳跳，忘記他是個殺人犯。

胡立歐買了船票，我們搭乘玻璃底的船橫越海灣到羅奎塔島去。事實上他不是要我去看沙灘與海，或是那座島；也不是要我去看島上的動物園，裡頭那隻老獅子的吼叫聲在無風的早晨能越過海灣傳到耳中。胡立歐想要我去看那尊被淹沒在海中的瓜達露佩聖母銅像，她被稱為海中聖母。

妳馬上就會看到海之母了，他說。她保護遭船難的人和漁夫，還有溺死的人。這艘船吃水很深，彷彿是艘寬敞的獨木舟。胡立歐和我傾身俯視，透過玻璃我們能看見在船下移動的所有東西。過一會兒，我們看到她在波浪下的身形。

透過船底的染色玻璃，海底世界看起來一片綠。在綠光中，聖母呈深綠色，頭上戴著王冠。她的四周魚群圍繞，雙肩上有海螺，而且她還是座許願池，周圍海底盡是硬幣，在庇護所裡閃爍著銀光。

既然我們在她上方搖晃，我們最好祈禱，胡立歐說。他低下頭，將雙手合十。

我愈深入發現得愈多；我發現得愈多索求愈多，他大聲說。阿門，阿門。

你都大聲祈禱嗎？

妳要不要祈禱？他問。

當晚稍後在特大號雙人床上，胡立歐將我摟在臂彎裡。

我得讓妳看清楚我已經溺死了，就像她，就像瑪利亞，整晚沉睡在黑漆漆的海裡，他說。每個人都以為我在河底，我媽也這麼認為。我活著太危險了，我夜裡都無法做夢。生活在黑暗中，帶著蠟燭與拿著手電筒有極大的差別。我有手電筒，但是我想要蠟燭。

你媽媽也以為你死了？

對，所有人都為我祈禱。

你不能讓她知道嗎？她需要知道你在這裡。

我家人記得我是飛毛腿，而且是跳高好手。每次比賽我都贏，總是獲勝。我應當跑得比那名邊防衛兵來得快，我沒看到他也沒聽見他的聲音。我媽說，胡立歐絕對不會被抓到，他會寧可淹死。我的確淹死了，妳愛上一個溺死的男人，黛妃公主。妳吻我的時候嚐到了河水的味道嗎？在我渡河的地方，有一座為我豎起的十字架，白色的十字架。

上面有你的名字嗎？我問。

對美國警方來說，那座白色的木十字架是我已死亡的最佳證據，放在我的美國聯邦調查局檔案中。沒想到河畔放了塑膠花的木十字架真能讓美國聯邦調查局相信我家人認為我已死亡。

上面有你的名字嗎？

我其實不叫胡立歐。

從大理石屋主臥室的凸窗，我們能越過花園和巨大的駿馬銅像望見海灣，在夜間的燈火下閃閃發亮。一日遊回來後，每當我眺望出去，心知有尊聖母就住在那片深海底下。

由於我不曾體驗過寒冷的天氣，因此我喜歡關上門窗，打開冷氣，直到房間冷得像冰窖，我的牙齒直打哆嗦，簡直像要撞碎。我以前從未感受過這種寒冷，我愛死了，我甚至喜歡凍得發痛。

這房間根本是北極，胡立歐說。

他從來不曾要求我關掉冷氣。

我收集在屋子各處所能找到的所有毛毯，堆到床上。我從不曾蓋著層層毛毯睡在冰冷的房間內。

那是因為妳在叢林裡長大，胡立歐說。我生長在靠近沙漠的地方，那裡冷的時候會非常冷。

夜裡，在我們阿卡波可的冰屋裡，胡立歐對我講述他的哲學。

人生是個瘋狂、失序、顛倒、鹽糖不分的地方，在這裡溺死的人可以在陸地上行走，他說。就像最厲害的亡命之徒，我知道自己會早死。我甚至沒想過老年，那根本不在我的想像之中。

你馴化了我，我回答。我把他的手從枕頭上拿起來，圈住我自己的手腕。

胡立歐認為人可以分成白晝及夜間活動的人，他說言語也可以這樣劃分。根據他的說法，醜惡的夜間言語就是像狂犬病和噁心之類的話，美好的夜間言語就是像月亮、牛奶、飛蛾之類的話。

胡立歐和我在毛毯下動來動去時，靜電火花劈哩啪啦響著，並照亮床鋪。

我們以前從未看過這樣的景象，唯有在天空中。

我們就在羊毛毯的閃電中做愛。

16

母親的來電總是捎來山區的消息。艾絲黛芬妮和妹妹在母親奧格絲塔因愛滋病去世後，沒再從墨西哥城回來。艾絲黛芬妮原本在加油站旁經營OXXO商店的祖母蘇菲亞也收拾行李，離開山區去照料失恃的孫女。

母親告訴我寶拉和她母親真的消失了。再也沒人聽過她們的消息。

我也知道瑪麗亞的槍傷已經痊癒，她和她母親仍住在那座山區。

我有件悲慘的事，母親說。

噢，媽媽，拜託，別跟我說。

我身體裡面全都不對勁。

這表示她想念我，可是她從不說出口。

有時候早上，胡立歐和我會到花園，在那裡待上一整天。

他會把我抬到那尊馬銅像上讓我騎馬。

17

在空蕩的大理石屋裡過了七個月。

有一天，母親打電話來。她很生氣，說她試著打了好幾天的電話。

妳為什麼都不接聽電話？她問。該死的，我一通又一通地打。所以妳已經忘了我嗎，是不是這樣子？

我在這裡啊。

要是今天再聯絡不到妳，我就會直接殺到阿卡波可去。

拜託，冷靜一點，妳幹嘛這麼誇張？我們一個禮拜前才講過話啊。

出事了。這裡一向沒什麼事，但現在出事了，她說。

什麼事？

妳聽好。

我在聽啊，媽媽。

妳聽得到我說話嗎？

可以，我聽得很清楚。

米奇被逮捕了，他被帶去墨西哥城。

為什麼要到墨西哥城？

他們說他殺了一個男人。他們說他殺了一個小女孩。

什麼？

米奇說妳和他在一起，你們在公車上。

我回想起來，女孩兒的連身裙在太陽下的龍舌蘭葉上晾乾，地上有海鷗羽毛。

我甚至無法嚥下唾液，唾液就只是囤積在口中，不斷地增加，直到我不得不吐在手中。

米奇說妳和他在一起，你們在公車上。

我一手拿著電話，另一手的手掌托著那口唾沫。

妳必須馬上回來這裡，她說。他們要妳到墨西哥城作證，米奇說妳可以洗清他的罪嫌。很快就好了，只要告訴他們真相，他說妳知道發生了什麼事。

我在那車上做了個夢，夢到跟瑪麗亞在一起，那個長得與父親一模一樣的我親愛的姊妹。夢中我叫她妹妹，小妹妹。我的夢告訴我她是我最深愛的人。我以前並不明白這點，即使在我將她受傷、血淋淋的手臂抱在懷裡時也還不知道。夢中的妹妹一詞把我喚醒，彷彿被爆竹聲或空中的子彈嚇醒，那詞啪地一聲驚醒了我。白色海鷗在棚屋、羅威納犬、那個瘦骨嶙峋的男人上空飛翔。也許那些鳥兒是雲，也或許雲是鳥。一個身穿白色連身裙的小女孩從地上撿起海鷗的羽毛。米奇的紅玫瑰刺青讓車內充斥著玫瑰的香味。他吩咐我為他保管海洛因的時候，我乖乖服從。我服從他的吩咐，將那塊海洛因磚放進拉鍊壞掉的黑色行李袋。我服從了。

我聽不到妳說的話了，媽媽。我會再回撥給妳。

我掛斷電話。

我沒必要收拾行李，搭上公車前往墨西哥城。我不必踏上那條眾所周知破舊不堪的柏油路，那條路上四處散落著七零八落的垃圾、遺失的手套、用過的保險套、舊的香菸盒。

我不用走那條外婆想要帶著一罐牛奶跨越的公路。我不必走那條總是混合著血跡、白色牛奶、汽車機油的馬路。

我不需要走那條從我出生那天起就害死了至少二十個人，以及無數的狗、綿羊、山羊、馬、雞、鬣蜥、蛇的道路。

我不用走那條散布著從瑪麗亞挨槍傷口滴落的點點血斑的公路。

不必。

我沒有向胡立歐或哈卡蘭達提及母親的來電。

我感覺自己內在似乎還很青嫩，就像無法在火中燃燒的翠綠原木。我覺得自己太過稚嫩不該出世。

我甚至沒有一雙鞋。

三天後，前門傳來敲門聲。

我和胡立歐、哈卡蘭達正在廚房吃早餐。從來沒有人敲過門。外頭那個人再敲一次門之後摁了門鈴。實際上不是一聲鈴響，因為把手指摁在外面小塑膠門鈴上的人沒再鬆手，長鳴聲響遍整間屋子有如警報器。

胡立歐起身離開屋子到外面的花園，哈卡蘭達和我走到前門。門已大大敞開著。門口站著三名警察，臉上罩著毛料的滑雪面罩，手中拿著機關槍。他們是來找我的，他們想要搜查屋子。

好的，請進，哈卡蘭達說。

警察要我們跟他們一起走，隨著他們檢查屋內的所有房間。檢查主臥室時，他們破門闖入我們從未進去過的更衣室。

我原本以為裡面存放著昂貴的服飾、美麗的罩衫和毛衣、點綴著亮片的綢緞或天鵝絨晚禮服，結果卻是間大型的儲藏室。裡頭沒有緞面高跟鞋和毛皮大衣，而是藏著數以百計的衝鋒槍，數千發的彈藥，上千盒的炸藥、手榴彈，及數十件防彈背心，堆積如山。有幾枝槍甚至宛若嬰兒般用美國國旗小心包著。

胡立歐和我在大屠殺邊緣做愛。

其中一名警察到我的小房間，第一個動作就是掀起床墊。

母親的話語越過山丘，順著公路，直接到我腦海中：白癡才會把東西藏在床墊下。

警察拿走那塊海洛因磚及寶拉的筆記本和照片，命令我打包行李。

胡立歐沒說再見，他一知道門口有警察就馬上跳過花園圍籬。我相信他一定是以為他們是來抓他的。他和他香甜的玫瑰、木蘭之吻，就此永遠消失無蹤，溺死在河裡。

我們要殺了老奶奶嗎？一名警察問道。

不曉得她是不是槍砲不入呢？另一名警察回答後對她開槍。

哈卡蘭達向後倒在大理石上。

她的身體躺在冰冷的大理石上。

血從她的頭部緩緩流進白色大理石上的灰髮。她的兩眼睜著定定地瞪著，好像非洲來的動物標本的玻璃假眼。

一名警察給我戴上手銬，把我推進警車。我們駛過清晨的街道，循著前往機場的路標前進。從車窗我能看見骯髒的街道和一排排無止境的T恤店，每一戶的金屬門簾都緊緊閉著。

我看見一個漁夫走向海灘，肩上扛著一根釣竿，手裡提著一個兒童用的紅色塑膠小水桶。

我眺望太平洋，看向那處我知道聖母瑪利亞被淹沒在波浪下的位置。多明哥太太的鑽戒仍在我手上。我將鑽石往內翻轉，朝向手掌，這樣看上去就像只是戴著結婚的金戒指。

我曉得軍用直升機將會載我到墨西哥城。我的罪行過於重大，格瑞羅州無法審理。多虧了電視，這一切我以前都經歷過，我完全知道接下來會發生什麼事。

我曉得我會直接進入女子監獄，因為我是一名女童謀殺案的目擊者兼共犯，那個小女孩的父親是在墨西哥勢力非常龐大的毒販，這是舉國矚目的罪行。

倘若我在大理石屋沒有停止收看電視，就會知道這樁殘忍殺害女童的案件震驚了世界，也會知道一名來自鄉村社區的老師宣稱是禿鷹引他走到那間棚屋。他告訴記者，上方有超過二十隻禿鷹，看起來像一團黑羽毛在空中翻飛。

在直升機裡，我背對著飛行員而坐。只有一名警察上直升機，坐在我的正對面。我在座位上必須傾身向前，因為兩手仍銬在背後。

我們起飛，升到阿卡波可港上方後，直升機調頭飛向墨西哥城。我看出窗外，俯瞰叢林。隨著我們到達較高的高度，我穿著塑膠夾腳拖的雙腳開始感到寒冷。

我前面的兩個座位間放著兩個金屬罐，上面貼著表示毒物的骷髏標誌。我看見上面用大大的黑體字寫著**巴拉刈**。

18

直升機飛到墨西哥城上空時，我懶得往窗外看。我一直認為總有一天我會造訪城裡的公園、博物館，以及著名的查普爾特佩克動物園與城堡，但是現在我明白這件事永遠無法實現。

坐在我對面看守的警察仍戴著毛料的滑雪面罩。汗珠從他的頭皮順著脖子滴到襯衫前襟。他滿身大汗，就連擱在機關槍上的手也濕得發亮。他的眼睛透過羊毛上的洞直視我的眼睛。

妳們女孩子全是傻瓜，他說。

我把目光從他身上移到窗外，看著波波卡特佩特火山，從火山口冒出長長的煙柱。

他反覆地搖頭。

妳們這些愚蠢的婊子只在乎錢。

我的兩手銬在背後，我觸摸手掌中的鑽石。

很久以前，母親教過我如何保護自己不受男人傷害。她說用食指戳出男人的眼睛，就像挖出蚌殼中的蛤蜊一般，但是她沒教我戴著手銬的話要怎麼做。

我從來不曾想要女兒，他說。

他拿出一片口香糖，從面罩上的洞口塞進嘴裡，咀嚼時嘴巴在羊毛的圓形小孔下動來動去。

要是我有女兒，我就會吐口水，他說。

19

到了墨西哥城，在我被正式記錄在案送去監獄前，他們就在機場的房間內讓我在媒體前公開露面。

他們要求我站在一張長桌後面，桌上擺滿幾十支步槍、手槍、彈藥，是在阿卡波可屋所發現的私藏武器的一部分。記者大聲向我提問，電視攝影機對著我的臉拍攝。

是誰殺了她，妳還是米奇？

你們為什麼非得那樣朝她臉上開槍？

為什麼？為什麼你們要殺一個無辜的小女孩？

在那座大牧場究竟發生了什麼事？

妳是米奇的女朋友嗎？

記者高聲發問時，我低著頭，把下巴貼在胸前，看向心口，以免他們拍到我的臉。但是片刻後我想起了一件事，便抬起頭來。

倘若我抬起頭讓攝影機拍攝到我，我的目光就會直接穿透攝影機。不到兩秒鐘，我的臉部影像就會傳送到父親所買的白色衛星碟形天線中。兩秒鐘內，我的臉部影像就會直接播送到電視螢幕上，直達山區我家的兩房小屋。我曉得如果我抬頭看著攝影機，就會看見我母親，坐在電視前，一手拿著啤酒，膝上放著一支黃色塑膠蒼蠅拍。我直視攝影機，深深望入母親的眼睛，而她回視著我。

PART 3

20

墨西哥城南邊的聖馬塔監獄是世界上最大的美容院。染髮劑、定型噴霧、指甲油刺鼻的檸檬香味瀰漫在建築物的房間與通道裡。

那氣味帶我回到瑪麗亞矯正兔唇的那一天。那天一群禿鷹在我們家上方盤旋，同時我母親生阿卡波可算命師的氣，因為那女人沒有預言我母親必須埋葬某個人。

算命師是否曾告訴母親她女兒將會坐牢？

他們帶我到監獄辦公室去登記，那裡牆上有塊黑板。白粉筆所寫的潦草字跡記錄著外國囚犯與孩童。監獄中有七十七名兒童，全都在六歲以下。有三名囚犯來自哥倫比亞，三名來自荷蘭，六個委內瑞拉人，三個法國人，一個瓜地馬拉人，一個英國人，兩個哥斯大黎加人，一個阿根廷人，一個美國人。

辦完入監手續，拍了照片並採集指紋後，他們給我一條乾淨的米黃色運動褲和一件米黃色運動衫，叫我去換衣服。這些衣服磨得只剩薄薄一層，我能看見織布下面的皮膚。在我之前有多少女人曾經將手臂套進這雙袖子裡？

監獄是米黃與海軍藍方格組成的西洋棋棋盤。穿米黃色的女人是候審中的，穿藍色的女人是已判刑的。在獄中，我得知人人都渴望黃色或綠色，彷彿顏色已變成食物。

沒人給我一雙鞋或運動鞋。

我穿著紅色塑膠夾腳拖在監獄行走，腳趾間還夾著些許阿卡波可的海灘沙。一名女獄警推著我穿過八角形迷宮般的走廊，走向我的牢房。牢房沒有窗戶，但在水泥牆上有長條狀的開口，宛如刀劈出的切口，朝向主庭院，那裡有幾個穿海軍藍的女人在踢球。

在建築的另一側，庭院對面是男子監獄，距離近到足以聽見牆壁那頭傳來的叫囂尖叫。從某些地點男囚和女囚可以互相招手。

我的牢房裡有張雙層床。當妳被指控殺害國內重量級毒販的女兒，就會獲得特別待遇，得以只和另一名囚犯共用一間牢房。大多數囚犯必須至少四人同房，兩人睡一張床。我被安排與外國人同房，因為這樣比較不容易遭到外界下令殺害。我很清楚這點，殺害那個小女孩的凶手沒有活命的機會，離死期不遠。

與我同房的女人也穿著米黃色，個子十分矮小，因此將運動褲的褲腳捲到腳踝處，以免絆倒。她的頭髮編成烏黑的長辮子垂到背後，她轉身面向我時，我能看見她左邊的袖子空蕩蕩的，從肩膀鬆垮地垂落下來，彷彿是無風日子裡的一面旗幟。

自從我從阿卡波可的屋子被帶到監獄，就無法聽見母親的聲音，幾乎度過了四十八小時的寂靜。我聽見自己的血液在體內奔流，那是阿卡波可大海的聲音。

當我注視這個嬌小如孩子的女人時，母親的聲音回來了。她的話語穿越叢林，飛過鳳梨及棕櫚樹上方，越過馬德雷山脈，經過波波卡特佩特火山，往下進入墨西哥城的山谷，通過無樹的街道，直達我這裡。

妳的手怎麼了？我聽見她問。

剁、剁、剁，女人回答道。

沒多久我便發現女人陳述每件事都是砰砰這，噗通噗通那，以及噹噹、嘎嘎、咚咚。我再次聽得見母親的聲音。她就在我的腦中說，呦呦呦，瞧瞧是誰在這裡，是狀聲詞小姐本人呢。

狀聲詞小姐名叫露娜，來自瓜地馬拉。她用唯一的那隻右手食指指著上鋪，告訴我上鋪給我睡。她的真指甲上貼著長而方的壓克力假指甲，每片指甲都繪著黑白的斑馬條紋。

有個薩爾瓦多的女人睡上層，不過她昨天出獄了，但願床是乾淨的，露娜說。

我相信沒問題。

這裡凡事有問題。那女人只會提上帝，成天把上帝掛在嘴上，彷彿那個詞是她的心跳。

一個穿藍衣的女人出現了，站在門框內。她的塊頭非常大，擋住了走廊照進來的大部分光線。她留著黑短髮及塗成黃色的長指甲。她已判了刑，倘若穿藍色，就毫無希望；假如穿米黃色，那還有望。

妳殺了那個娃兒，是妳吧，她說。

我搖搖頭。

去摸地板。

我猶豫片刻，她再說一次，去摸地板。

我蹲下去用手指觸摸地面。

妳在監獄裡，她說。我叫每個進來這裡的人一到這兒就去摸地板，好讓她們清楚自己究竟身在何處。現在妳必須決定是要把妳的怯懦留在外面，還是要帶進來。

女人挪到一旁，她身後的光線頓時充滿牢房。她身上有血和墨的味道，聞起來像紅與黑。她離開的時候，我仍然蹲伏在地上，摸著地板。

維奧萊塔，那人是維奧萊塔。她殺了兩個，不，三個，不，四個，不，很多個男人。

多少人？

砰、砰，不過是用刀子，切、切，捅、捅。

很多。她在每個人身上刺青，她很喜歡監獄，因為這裡有很多皮膚。

透過牢房窗戶狹板射進來的陽光非常寒冷。

我從來不知道太陽會冰冷。

露娜說這裡沒有地方可放東西，不過我可以將行李存放在她下舖底下的空位。

我沒有行李。

妳以後會有。

不，這是個誤會。

妳殺了她嗎？是妳幹的，對吧？

我正視露娜的黑瞳。

她是來自瓜地馬拉，身材嬌小，皮膚深棕色的馬雅印第安人，有一頭黑色的直髮。我是來自墨西哥格瑞羅州，身材中等，皮膚深棕的西班牙與阿茲提克混血兒，有一頭鬈髮，證明我也有一些非洲奴隸的血統。我們只是美洲大陸歷史書中的兩頁。你可以將我們撕下，揉成團，再扔進垃圾桶。

妳認為呢？我問。

什麼？

認為是我殺了那女孩？

當然不是，她回答。這裡的人說凶器是AK－47步槍，妳不可能知道怎麼用那種槍。

母親的聲音在我腦中迴響。我聽到她說，這個瓜地馬拉印第安人真是討人喜歡。

露娜說我可以借用她所有的東西，除了牙刷。

雖然才中午，但我爬上床鋪躺下。這上面的監獄美容院氣味更濃郁，聞起來像丙酮的去光水混合著檸檬味的定型噴霧。未粉刷的混凝土天花板距離我的臉僅有一英尺，若是我翻身側躺，肩膀和臀部就會擦到粗糙的水泥。

在獄中，每個人都缺少些什麼，露娜說。

我蜷縮身子努力忘記自己冷。我沒有毛毯，如果想要毛毯或枕頭，就得花錢買。獄中每樣東西都得用買的。

牆壁上有些用黑墨水創作的塗鴉，恰好在我的視線範圍內，也在之前躺在上鋪的數百個女人的視線範圍內。大多數塗鴉都是由內有名字首字母的愛心所組成。另外，有個刻在水泥中的詞：泰山。

我閉上雙眼，能聽見母親說，妳就非得進監牢和一個瓜地馬拉來的獨臂印第安女人同住一間牢房不可嗎？

我也曉得，即使我們以自己是全墨西哥最火爆、最凶惡的人為傲，我母親仍然會忍不住哭泣，因為她女兒在監牢裡。蒼蠅正在飲她的淚水。

當我想起家的時候，我也知道那個毒販的藍色塑膠氣喘吸入器仍在木瓜樹下的綠草叢中，我知道那東西會留在那數百年。

這天剩下的時間我都在睡覺，一直睡到天亮。破曉的晨曦伴隨著陌生的車流聲將我吵醒，這是我第一次醒來沒有聽見鳥鳴。外頭在下雨，使得水泥的牆壁和地板簡直像冰砌成的。

夜裡，露娜為我蓋上一條毛毯和幾條毛巾。微小的善舉可以澈底改變我的觀感。我從沒想過在入室行竊時射殺小孩，為了搶婚戒殺十二名老婦人，或者謀殺兩個丈夫的人會借我毛衣，給我餅乾，或是握著我的手。

露娜還把我的兩腳套進超市塑膠袋裡，以免在夜裡變冷。

胡立歐說過，人生是個瘋狂的地方，在這裡溺死的人可以在陸地上行走。

現在我明白他是對的。我只待了一天就明瞭在監獄裡就像把衣服內外穿反，毛衣的鈕釦扣錯，或是鞋子穿錯腳。我的皮膚在裡面，所有的血管和骨頭外露。我心想，我最好別撞見任何人。

21

我當時綁在火車上，就是那輛從墨西哥南部到美國邊界的移民列車，用藍色塑膠晾衣繩綁著，露娜說。

我能看見她的血液在血管裡流動，順著左手臂流下，停在一小截殘肢處，那是她的手臂僅剩的部分，有如用鈍鋸修剪得非常拙劣的樹枝。

我明白露娜在說什麼，因為胡立歐告訴過我，在墨西哥有兩條邊界，將國家切割成數塊。橫的邊界是介於美墨之間，直的邊界是從中美洲起始，穿過墨西哥，再到美國。男人大多搭乘從中美洲到國界的列車，費用便宜許多。女人較喜歡搭巴士，因為比較安全。胡立歐和其他所有人一樣，稱那列火車為野獸。

妳搭了野獸？

我們把自己綁在火車上，因為會睡著，露娜解釋道。那是不由自主的，想想看在那種高速下睡著。我當時綁在外面的扶手上，我睡著了滑落在鐵軌旁火車撕扯下我的手臂於是我失去了手臂差點死掉。

她沒有換氣，連珠炮說完。

露娜說她喜歡在獄中，因為她隨時需要都可以小便。

女人不想在火車短暫停下時下車去撒尿，因為男人會下車，他們會盯著妳看，在妳蹲在鐵軌旁時嘲笑妳，或強姦妳。所有的女人，我們所有人都憋尿，非常痛苦。因此大家都不想喝水，可是如果不喝水，嗯，妳知道的，會死。

妳獨自離開瓜地馬拉嗎？

火車扯斷我的手臂，我差點丟了性命，可是他們依然想把我驅逐出境。我說我是墨西哥人，移民警察不相信。他們命令我，如果我是墨西哥人就唱墨西哥國歌。

妳知道墨西哥國歌嗎？

露娜搖一搖頭。

這讓我想起有一天，我坐在木瓜樹下，與寶拉和瑪麗亞複習國歌的歌詞。我和寶拉以非常輕鬆的態度學習整首歌，彷彿那是毫無意義的樂曲，但是瑪麗亞非常認真地對待詞句的原意。那到底是什麼意思？她說。我們為什麼要歌頌墨西哥打仗？為什麼地球的內心在顫抖？

我沒有殺那個女孩，我永遠不會做那種事。我在車上，被鎖在車裡。

露娜攤開一張衛生紙遞給我，好讓我擤鼻子。

我沒有哭，我說。

有，妳哭了。

才沒有，我沒哭。

露娜解釋道，儘管我母親理應收到通知，因為我把她的電話號碼給了辦理入監手續的行政人員，不過他們八成不會打電話給她。

妳要是沒錢，他們處理所有事情的速度都非常、非常、非常慢。錢是賽車，錢就是速度。

我可以感覺到多明哥太太的鑽石在我的手掌中，緊握在拳頭裡。

妳得向人家借電話，妳得打電話給妳媽媽或者其他人，還有別人嗎？露娜問。

沒，沒別人了。

妳結婚了嗎？露娜看著我手指上的金戒環。

沒。

喬琪亞會讓妳打通電話，她是唯一可能借妳電話不收費的人。

所有人都知道我在這裡，是因為她們認為我殺了那個女孩嗎？

對。

有人打算殺我，對吧？

露娜沒答腔，她轉身走出牢房。

我想，假如米奇還活著，他就死定了。

在狹小的牢房裡，雙層床占據了大半的空間。露娜床上宛如洞穴的空間裡，她在牆壁上釘了好些釘子。在釘子上，她掛了至少十只袖子，從毛衣、罩衫、長袖T恤上剪下來的，全是米黃色，看上去好像滿牆的蛇。

沒幾分鐘後，露娜回來了，站在我旁邊，我正盯著掛在牆上的袖子。

我以前沒留意我的手臂，她說，沒有讓它在我生命中占特殊的位置。我保留這些袖子是因為我要為我的手臂造一座祭壇。

這個主意很好。

妳讓手臂在妳生命中占有特殊位置了嗎？

沒，我沒有。

聽好，緊跟著我，不要單獨到處亂走。

露娜，妳相信我嗎？

嗯，或許吧，也許我相信妳，也許。

有人敲門。一個女人穿著海軍藍的運動褲站在那，身上背著一個金屬罐，手裡拿著一條細長的金屬軟管。

不，不用，露娜說。她站起身，把一手舉在空中。

妳們想要有臭蟲和跳蚤嗎？女人低聲問。

那個燻蒸消毒用的錫罐老舊而有凹痕，接縫處已腐蝕，噴嘴四周還有一圈暗黃色如黏液的糊漿。

露娜說，媽的，我們離開這裡吧，她要燻蒸消毒。歐若拉，做妳該做的事吧。

歐若拉蒼白得像是在岩石下發現的蜈蚣或蠕蟲，那些生物蒼白是因為從來不曾曬過太陽。我小時候經常撬起或是踢翻地上的石頭，以便尋找白色或透明的蟲子。歐若拉淡褐色的頭髮非常稀疏，耳朵因此從頭髮中突出來。

這位是黛妃，露娜說。

我曉得，歐若拉用漏風的聲音說。出去或留下，隨便妳們。

她緊抿著嘴唇，避免燻蒸消毒的煙霧跑進嘴裡。她的十指指尖呈深黃色。

妳們有阿斯匹靈嗎？歐若拉問。

露娜沒回答，我跟著她走出牢房。我們聽見背後傳來嗖嗖的噴霧聲，殺蟲劑充斥整間牢房。

事實是誰想要跳蚤和臭蟲？露娜說。妳看起來挺乾淨，不過這是為了大家好。我們暫時不能進去裡面，那股臭味會停留一陣子，讓妳持續頭痛好幾天。妳現在一定餓了吧，我們去吃點東西。

雨已經停了，但天空依然烏雲密布。

我跟著露娜走過迷宮般的走廊，每條看起來都一樣。從混凝土牆上狹長開放、沒有玻璃的窗戶可瞧見男子監獄。窗口有男人的臉孔盯著我們這個方向。不時有人將兩手圈在嘴巴旁大聲喊話，或是舉起白色T恤朝我們瘋狂地揮舞。彷彿女子監獄是艘經過的船隻，男子監獄則是有數百名遇難水手的荒蕪小島。短短一個早晨內，我使得知男囚一整天不間斷地做這些舉動，假使有女囚揮手回應，從此就是永恆的愛了。

有別於天井對面的男子監獄，在這頭的世界裡，裝滿沾血棉花和破布的垃圾桶氾濫開來。在這個女人的世界裡，血暴露在垃圾中，在未沖水的抽水馬桶裡，在床單與毛毯上，在水槽角落浸泡的髒污內褲上。我好奇一天之中有多少血離開此地，流經墨西哥城的地下污水系統。我曉得我站在一湖血上。

露娜帶我到一個擺著長桌長椅的大房間，囚犯們閒坐著，從事不同的活動，有的在吃飯，有的在編織，還有些女人正在餵寶寶喝母奶。兩個約莫四、五歲的男孩，正在地板上玩一組玩具火車，是用毛線將小的麥片盒串連而成。一張長桌上擺了幾十瓶指甲油和去光水，至少有二十名囚犯圍坐著塗指甲。

房間後牆上繪了一幅壁畫，畫邊環繞著一條橫幅，寫著〈心之壁畫〉。這幅畫我後來得知是由囚犯花了好幾年的時間所繪製，畫作的內容包含了許多墨西哥知名女性的肖像。

我注視著她們的臉孔讀出名字：胡安娜修女、埃瑪・戈多伊、埃萊娜・加羅、芙烈達・卡羅，以及荷瑟法・奧爾提斯・多明格茲。*

由於此時已不再供應早餐，露娜向其中一名囚犯為我們兩人各買了一個三明治。監獄裡每個人都做生意，每樣東西都有價錢，連衛生紙或靠得住都不例外。

露娜說她沒有收入，不過從一個在墨西哥的瓜地馬拉家庭那裡獲得援助，他們隸屬基督教福音派組織，試圖改變囚犯的信仰。

露娜說，他們全都想改變我們的信仰，摩門教徒、福音派教徒、浸信會教友、衛理公會派教徒、天主教徒，所有人。傳教士在禮拜天來監獄，有時會在其他日子進來，妳以後會看到。所有的神都在這間監獄裡。

露娜提議我們出去，到院子裡吃三明治。

我們可以在那裡喝點咖啡，看人家踢足球，然後看看是否能夠跟擁有電話的喬琪亞說上話，她說。

在院子的一側，大約有二十個女人正在踢足球，其他囚犯坐在周圍的長椅上。我抬起頭來能看見成群的面孔。數十個女人從窗口往外看。當我抬頭看向另一邊，可以看到男子監獄，男囚的臉孔也正瞧著窗外。在這裡望著窗外是項活動，是種生活方式。

那些男人，露娜指著男子監獄的方向說，他們在找妻子。妳有丈夫嗎？

沒有。

如果妳結了婚，他可以來探望妳。他們會提供你們一間房，裡頭有床和所有的東西。

沒有，我未婚。

那邊監獄的男人沒有人想娶我，因為我少了一隻手臂，露娜說。我其實不想要男人，我想要孩子。我想要有個可以愛的人。

即使他們會把孩子從妳身邊帶走？

在獄中，女人只能把孩子留在身邊到六歲為止。

露娜說，至少可以愛六年啊，而且到時妳可以再生一個。妳想要孩子嗎？

想。

那位是喬琪亞，露娜指著一名踢足球的女人說。

喬琪亞是個身材瘦高的女人，金髮碧眼，看上去三十歲左右。在監獄院子裡，夾在所

＊胡安娜修女（Sor Juana），墨西哥作家，為十七世紀拉丁美洲文學的核心人物，早期的女權主義者。
埃瑪．戈多伊（Emma Godoy），墨西哥作家及播音員，以倡導維護老年人的尊嚴著稱。
埃萊娜．加羅（Elena Garro），墨西哥當代著名的小說家暨劇作家。
芙烈達．卡羅（Frida Kahlo），墨西哥畫家，以自畫像聞名，畫作深受墨西哥自然、文化的影響。
荷瑟法．奧爾提斯．多明格茲（Josefa Ortiz de Dominguez），墨西哥獨立戰爭的女英雄。

有深色的皮膚和頭髮當中顯得十分突出，她看起來像桌上的一條奶油。

她是英國人，露娜解釋道。有個英國大使館的女人來探望她並且給她錢，她的家人也寄錢來。

她為什麼在這裡？她幹了什麼事？

她來墨西哥參加時裝秀。她在時尚界工作，她有很多鞋子，露娜說。

鞋子？

對，滿滿兩個手提箱的鞋子，厚底鞋，就是鞋底很大很厚的那種，妳知道嗎？

知道。

那些厚底鞋裡裝滿了海洛因。

海洛因？海洛因！妳一定是在開玩笑吧，哪個白癡會帶海洛因進墨西哥？

大家都這麼說。

我想起我家附近種滿紅、白色罌粟的山丘與山谷。我想到家鄉山區的小鎮，比方說三十公里或伊甸。這些小鎮位於前往阿卡波可的舊路沿線，而不是將我們的生活撕成兩半的新公路旁。這些小鎮必須受邀才能進入，假如不小心進到那裡，沒有人會請教你名字，或問你現在幾點，他們會直接殺了你。米奇曾告訴我，那些小鎮裡有許多大豪宅和建在地底下令人難以置信的實驗室，專門將罌粟製成海洛因。他說幾年前在三十公里鎮上發生了一個奇蹟，聖母瑪利亞顯現在一塊大理石中。

大客車總是結隊行經這條路，他們害怕會遭到攔阻打劫。這條公路上經常有遭斬首的屍體吊掛在橋上。公車司機發誓夜裡曾在這條公路上見到鬼，他們看到小丑的鬼臉或是蒸汽氤氳的影像，有兩個小女孩手牽手走在道路旁。

沒有人會在這條公路上停下來購買羅望子糖，或者活的烏龜或海星，海星的五條星芒在乾燥空氣中不斷蠕動。

有個美國女孩住在伊甸鎮上。米奇對我說，現在，我們倒回故事的開頭。誰會來這裡？

他說一名在墨西哥勢力龐大的毒梟將她買回來，她當時才十四歲左右，是男人的第三任妻子，她喜歡照顧每個人的小孩。她不與人交往，她喜歡烤蛋糕，米奇說。

那個美國少女成為我心中的傳奇。我想像她走在我們的路上，喝我們的水，站在我們的太陽下。

米奇告訴我，耶誕節時，毒梟引進人造雪，讓整座小鎮覆蓋著成堆的白色粉末，逗美國女孩開心。他還下令建造一棵巨大的耶誕樹，從墨西哥城附近的松樹苗圃運來數十棵松樹組成。毒販將高大的耶誕樹擺在大廣場中間，掛滿了耶誕飾品。

米奇說，不過那還不是他所做過最棒的事，他所做過最棒的是把馴鹿帶到小鎮上，用私人飛機從塔茅利帕斯州的大牧場載過來。

你看過嗎？我問。

嗯，想想看，他把格瑞羅州的一片土地改造成北極呢。

此時四周水泥圍繞，遠離大海、海鳥，還有母親，我心想，米奇怎麼會知道這些事情？

我的手很想摑他一巴掌。

我聽他說過許多故事，卻從來沒有真正聽進去。現在我明白了他為何會得知這些訊息，我又為何會在獄中，遭控殺害一名毒梟，及那名毒梟的女兒，並且持有一包價值一百五十萬美金的海洛因。

米奇，你在哪裡？

我心想，我要為你祈禱，米奇。我要祈禱你記得我。我是你右掌上從小指到拇指那條深深的掌紋，那條你一旦忘記洗手就會滿是污垢的生命線。

我在腦中和米奇說話，但是眼睛一直盯著兩打的女人踢足球。一個手臂上刺著小豌豆*。另一個女人的右大腿外側紋著瓜達露佩聖母的全身像。

她們每天都踢足球，露娜說。他們就連下雨天也舉行錦標賽，三支隊伍分別是彩虹隊、自由隊、巴塞隆納隊。

那些女人跑來跑去，互相吆喝。從這兒我能看見維奧萊塔嘴裡叼著點燃的香菸踢球。她來回跑動卻仍不住地吸菸，移動時菸屁股叼在嘴裡，陷入爭球的混戰時，她會把頭往後甩，動作讓我想到小鳥喝水。她做這個動作是為了避免燃燒的菸頭燙傷別人。她的超長指甲昨天塗成黃色，今天則是綠色。從我坐的位置，距離只有幾英尺，她的指甲看起來宛如長長的鸚鵡羽毛，從她的指尖伸出來。

維奧萊塔是隊長，露娜說。

在我們觀賞球賽時，消毒完牢房的歐若拉悄悄走向我們。她仍背著那只金屬罐，在我們旁邊坐了下來。

妳們現在可以回房間了，歐若拉說。

她的氣味讓我有點侷促不安。我注意過她的指尖發黃，不過在外頭的日光下，我發現她的皮膚和眼白也泛黃。

不了，我們暫時不打算進去，露娜說。

妳們有阿斯匹靈嗎？歐若拉問。

別告訴我妳又吃完了所有的阿斯匹靈？妳胃會穿孔的。

我頭好痛。

歐若拉躺下來，側身蜷縮在冰冷潮濕的水泥地上。在那個烏雲密布的早晨，這裡似乎

＊哈維爾．赫南德斯．巴里卡薩（Javier Hernández Balcazar）的暱稱，他是第一位效力曼聯的墨西哥職業足球選手。

是地球上最寒冷的角落。我想要碰觸她，撫摸她的頭，彷彿她是街上的流浪狗。可是如同對待流浪狗般，我不敢碰她，因為她可能會傳染疾病給我。由於她躺在我旁邊，我甚至覺得可以看到她的頭部側面，在糾結的頭髮下有疥癬。

假如母親在場，她會說，她活該被車子碾死。

足球比賽結束，露娜大聲呼喚喬琪亞過來。喬琪亞緩緩地走著，維奧萊塔跟在後面，仍抽著菸。等她們走到我們身邊，維奧萊塔在我前面蹲下來，蹲坐在腳後跟上，與我四目相對。她把兩手擱在膝蓋上，指甲向前伸出。近距離看，她的指甲不再讓我聯想到羽毛，而是像家鄉叢林裡成群盤旋在我家上空的老鷹與禿鷹的爪子。維奧萊塔的指甲看上去像可以一把抓起兔子或老鼠帶走，也可以撕扯肌肉，將人臉劃成碎片。

所以這位就是黛妃？喬琪亞說。她凝視著我，藍眼睛與我的黑眼睛相視。我知道她在想什麼。喔，就是這個又黑又醜的傢伙以我美麗王妃的名字命名。

我想說，對不起，可是我從來不曾向任何人道過歉。

我想到家裡所有的黛妃娃娃。到現在，父親從美國為我帶回的黛安娜王妃娃娃仍在我的房間，收在原裝的硬紙板與塑膠盒裡，以免叢林的霉菌毀了娃娃。我有一個穿著婚紗的黛安娜王妃娃娃，還有一個穿著會見柯林頓總統的禮服，另一個穿著騎馬裝。父親甚至給了我一套塑膠的黛安娜王妃珍珠首飾。我一直戴到壞掉為止，那些白色的塑膠珍珠還收藏在廚房的杯子裡。

我覺得自己好像偽鈔，阿卡波可市場上的假冒名牌服裝，宛如中國製的瓜達露佩聖母。我注視著喬琪亞，變成廉價的塑膠製品。母親給了我她所能找到最糟糕的假名。我該如何開口向這名英國女人解釋，我的名字是出於報復而非仰慕？我該如何說明我的名字是為了懲罰我父親的不忠呢？

近距離看，喬琪亞的膚色白皙到我能看見皮膚下的青筋。她滿臉雀斑，連嘴唇和眼瞼上都有，睫毛與眉毛淡而無色，因此眼睛無框，看起來像兩顆天藍色的大理石鑲在臉頰上。

我聽說妳想用我的電話，她說。

對，拜託了。

這次我不會向妳收錢，因為我們兩個都是英國人，對吧。畢竟，妳是王妃。

維奧萊塔和露娜聽了大笑。歐若拉似乎沒在聽，仍然蜷縮在我身旁，像隻黃白色的蜈蚣。每次她呼吸我都能聞到她身上散發出一絲殺蟲劑的味道。

喬琪亞伸手到運動衫下，從衣服下面拿出藏在縫線處的手機，裹在吉百利巧克力棒的包裝紙裡。她把手機給我，我能看見她的兩手也滿布雀斑。

祝妳好運啊，王妃，她說。

說完她行個屈膝禮。

喬琪亞很受喜愛，因為她是外國人又有錢。可是大家都鄙夷她愚蠢的罪行，獄中每個人都嘲笑她，在她生日和耶誕節時送她鞋子當禮物。不時有人揶揄她，大聲喊著，嘿，金髮妞，妳怎麼不也帶些捲餅或酪梨醬到墨西哥來呢？

我們這些殺人犯待遇則不同，得到的並非真正的尊重，比較像對罹患狂犬病的狗那樣，人人繞開我們走。在這裡沒人想要殺人犯烹煮或經手食物。囚犯對於吃殺人犯的手所碰過的食物非常迷信。

喬琪亞和維奧萊塔轉身走開，歐若拉在我身邊的地板上動了動。

我又餓又渴，有人有口香糖嗎？歐若拉說。

歐若拉就跟瑪麗亞一樣。瑪麗亞以前常常認為口香糖是水和食物的替代品。意外回想起瑪麗亞讓我想要用雙手遮住眼睛，從監獄消失在手掌的深色皮膚裡。我最後一次見到瑪麗亞，我同父異母的姊妹，帶著唇裂詛咒的好友，是在阿卡波可診所的急診室裡，她的手臂中彈，他們將她推進小隔間裡。

我們最好回牢房去，這樣妳才能打電話，露娜說。妳不會想要被逮到，在其他地方他們都會抓到妳。

我們站起來，走向建築物。歐若拉留下來，繼續蜷縮身子躺在水泥地上。

喬琪亞戲弄所有人，露娜說。別為此難過，她對我的手臂不屑一顧，總是丟東西給我，嚷著要我接住。有時候她會叫我接接，那是我的綽號。

我們走在藍與米黃的西洋棋棋盤世界中，我的眼睛渴望看到綠色的植物、黃紅雙色的鸚鵡、藍色的海洋和天空。黯淡的水泥顏色讓我覺得既熱又冷。因此，當我坐在仍有殺蟲劑味道的牢房中，我不僅打電話給我母親，我也在呼喚樹葉、棕櫚樹、紅火蟻、碧綠的蜥蜴、黃黑相間的鳳梨、粉紅的杜鵑花、檸檬樹。我閉上雙眼，祈求一杯水。

露娜坐在我旁邊，坐得非常靠近，我感覺得到她的胸廓貼靠著我，那裡本應是她手臂的位置。她一臉期待與希望。

噢，我們祈禱有人接電話吧，她說。

露娜緊貼著我，我覺得她想要悄悄穿上我的夾腳拖，鑽進我破舊的囚服，深入我的皮膚裡，彷彿是她要打電話給自己的母親。

當然我母親整日整夜都站在空地上，把電話高舉在空中，直到感覺從手指到腰部的肌肉疲累得痠痛灼熱。我曉得她一直站在那裡來回踱步。那裡沒有半個人，所有人都離開山區了，唯有她站在那兒，想著我們的世界如何分崩離析。寶拉失竊，之後跟她母親一去不回。露絲被偷了。奧格絲塔因愛滋病過世，艾絲黛芬妮與祖母、妹妹住在墨西哥城。我好奇瑪麗亞和她母親在哪裡，不過我想她們已離開家鄉的那塊土地與天空。在米奇幹了那些事之後，她們必定找地方躲藏起來了。在格瑞羅州，沒有人懷疑是否有人會來抓人，大家都很清楚他們一定會來抓，所以絕不在附近逗留。

母親是家鄉山區最後一個活人，獨自和螞蟻、蠍子、禿鷹站在一起。

電話鈴響，她接聽了。

黛妃，感謝上帝我這一生都在偷竊。

那是她說的第一句話。

黛妃，感謝上帝我這一生都在偷竊。

那是她說的第二句話。

我要賣掉所有的東西。感謝上帝我當了一輩子的小偷，現在我可以賣掉所有的贓物。黛妃，妳聽好，我在屋後的牛奶罐裡埋了五條金鍊子，幾副耳環，和六根銀茶匙。沒有人會想到要去那裡查看，是不是很完美？告訴我妳在哪裡，我的甜心寶貝。我過兩天就到，掰掰。

母親掛斷電話，甚至沒等我告訴她我在哪裡。

所以呢，她要來嗎？露娜問。

對，再過兩天。

我媽永遠不會來看我，露娜說。她在瓜地馬拉，連我在這裡都不知道。她甚至不曉得她的小女兒失去了一條手臂，當然她也不會在乎。

她不會在乎妳失去手臂？

妳不了解她。

妳是她女兒啊。

她看到我只會問，把手臂留在哪裡了，好像我是掉了毛衣或帽子，需要回去撿一樣。她不會想要獨臂的我在她身邊，她會說我沒辦法在田裡工作，沒有男人會想要看著我。

她必須了解。

我媽會說，妳能扛什麼？

哦，真的假的？

我沒有埋葬我的手臂，露娜說。有人埋葬自己的身體部位嗎？

我不曉得。

我也不曉得。我不知道那隻手臂在哪裡或者怎麼了？

妳為什麼離開瓜地馬拉？

因為我想要賺美金，我討厭在瓜地馬拉的生活，露娜說。

那裡的生活很糟嗎？

我丈夫每天揍我。不，他不是揍我，他打我耳光。他就是那麼做的，啪、啪、啪，成天打個不停，我的臉頰變成他手的一部分。

所以妳是自己一個人來的嗎？

露娜回答，是的，我想不管什麼都好過那種生活，可是我錯了。

對，妳錯了。

各種各樣的人都想要到北方去，她說。妳無法想像大家帶什麼東西跨越邊界到美國。我看過成疊的魟魚乾，看起來像一張張黑色皮革，還看過裝滿蘭花的箱子。警察用X光線檢查卡車和巴士，照出移民的白色骨骼，看見人骨因佝僂病而彎曲，X光線還發現美洲獅和老鷹，看見鳥的骨骼。有個男人在夾克口袋裡裝了兩隻巨嘴鳥的幼鳥。

對啊，在阿卡波可有人偷龜蛋，我說。

露娜說我們得快點把電話還給喬琪亞，要是不趕快還回去，她就再也不會借給我們了，她一定正在計時。

我們離開牢房，走回囚犯聚集的那個大房間。時近傍晚，有些囚犯正在上工作坊的課。獄方提供的課程有拼貼畫、繪畫、電腦、閱讀、寫作。

在那間房裡，所有其他囚犯都在做頭髮。有兩個女人坐在小鏡子前，將假睫毛黏到上眼瞼上。

喬琪亞和維奧萊塔同坐在一張桌旁。我把藏在巧克力棒包裝紙內的電話交給她，向她道謝。

沒問題，王妃，妳是我的王妃，所以妳隨時可以借用。

喔，謝謝。

她要拿出生證明到這裡，對吧？妳告訴她了嗎？喬琪亞問露娜。

說了，露娜說。

妳多大了？

我十六歲。

妳知道妳不必待在這裡，對吧？法律說妳還未成年，王妃。

我媽會帶我的出生證明過來，她曉得。

妳必須在十八歲之前離開這裡，否則就永遠出不去了。我說的沒錯吧？

維奧萊塔點點頭。我就是這樣子，我進來的時候十七歲，可是到了十八歲就被判刑三十年。

妳務必要在十八歲前出去。妳的生日是什麼時候？

要到十一月。

那麼妳還有很多時間，喬琪亞說。不過動作要快，快點。我告訴妳這件事是因為妳是我的王妃。

維奧萊塔咳了一下。她兩手叉腰，長指甲朝腹部彎曲。

要是待在這裡，妳得想像除了這些什麼都沒有，除了這間監獄和獄中的女人，沒別的存在。如果妳以為還有些什麼別的，妳會活不下去，維奧萊塔用嘶啞的菸嗓說。

該死的，妳沒必要跟她說這個。妳想幹嘛，讓她心碎嗎？喬琪亞說。

是啊，是啊，她需要一顆破碎的心，維奧萊塔說。

當晚在牢房裡無事可做，只能躺在床上跟露娜聊天。有些女人牢房裡有收音機，不過露娜什麼也沒有。房內沒有電燈，因為她沒錢買電燈泡裝在天花板的照明設備裡。她買衛生紙只買剛好的量。

黑暗中我躺在雙層床上，在露娜上面的水泥床上，沒有床墊。由於燻蒸消毒，房間內仍聞得到刺鼻的味道。露娜悅耳的嗓音從下鋪傳到我耳中。

每次我看著喬琪亞，總想起母親會告訴我，下太陽雨會造成雀斑，她說。

那是彩虹形成的原因。

對，不過也是雀斑形成的原因。

維奧萊塔為什麼會在這裡呢？

她殺了很多男人，不過她在這兒是因為她殺死自己的父親。她一點也不後悔，她會一遍又一遍地告訴妳這一點。她毫不後悔，很高興來到這裡。她父親殺了她母親。維奧萊塔是為了她母親才下手的，大家都認同她做得沒錯。

她已經在這裡面很久了嗎？

對。她父親從來沒有抱過她，可是在她殺了他以後，他死的時候緊緊抓住了她。她說她得殺了他才能得到他的擁抱。

她似乎不喜歡我。

她愛喬琪亞，甚至創作了一幅拼貼畫，當作禮物送給她。

露娜解釋有些囚犯喜歡上拼貼畫工作坊的課。授課的是名男子，一位藝術家，在監獄教了好幾年。

我們剪下雜誌的內容，黏貼到硬紙板上，述說自己的人生故事。妳也來嗎？她問。

好啊，當然好。

妳在製作拼貼畫時，會非常佩服自己。

我可以聽見露娜在下鋪上吞嚥口水、翻身。

那歐若拉呢，她為什麼在這裡？我問。

歐若拉，歐若拉，歐若拉，露娜唸著她的名字好似嘆息。

她為什麼在這裡？

歐若拉把老鼠藥加進咖啡裡。

22

隔天早晨，我睜開眼首先看到的是刻在牆上的泰山字眼。彷彿牆壁刺了青，提醒我我不在何處。這裡沒有鳥，沒有植物，也沒有過熟水果的氣味。

露娜已經起床，我聽到她走來走去的聲音。她聽起來像是底下的一隻松鼠。我能聽見她翻找塑膠袋，或倒出袋裡的東西，刮擦袋子。

她說，該死的，有人偷走了，可惡，可惡。

我沒有精力問她掉了什麼東西，只是靜默地躺著。我聽見走廊盡頭有個嬰兒在哭，想起行政辦公室黑板上的名單。這間監獄裡有七十七個孩子，早上總是吵吵嚷嚷。

昨天，我們在獄中四處走動，露娜帶我經過兩間小房間，是孩子的學校。孩童可以跟母親待在獄中直到六歲。有些女囚是在監獄准許的配偶探監日懷了孕。也有些人是因為被外僱去當刑事法庭和特別法庭法警的妓女而懷孕，那種性交易都在洗手間進行。

在監獄的權宜學校裡，牆上釘了一張樹的海報。如果在獄中出生長大，就從來不曾看過樹。另外有一些教學卡片用膠帶貼在黑板上，展示公車、花、街道的圖像，還有一張月亮的教學卡片。

可惡，露娜在下面又罵一次。妳偷了我的唇膏嗎？

我說，天啊，露娜，誰會想要妳的囚犯唇膏，上面沾滿了妳的囚犯口水？

底下的窸窣聲停止了。

她不知道剛才透過我嘴巴說話的是我母親。

我爬下床鋪，坐在露娜的床沿，看著她化妝。

她化完妝後，將胭脂和睫毛膏放入塑膠三明治袋，再塞到床下。然後她轉身握住我的下巴，注視著我。

妳很快就會見到妳媽，準備離開這裡。熬過這陣子，黛妃，還不要跌倒擦傷膝蓋，她說。

妳為什麼在這裡？妳還沒告訴我。妳很快就會出獄嗎？

來參加拼貼畫工作坊吧，很好玩的，我們大家都去。

有誰？

嗯，歐若拉、喬琪亞、維奧萊塔，當然還有一些其他人。黛妃，我們走吧。

我套上夾腳拖，跟著她走到走廊盡頭。

在塑膠工作桌上有成疊的雜誌、一大堆硬紙板、幼稚園用的剪刀，還有一罐罐膠水。

老師自我介紹後，叫我翻閱雜誌，剪下圖片，組成我想講述的故事。他叫洛馬老師，在這間監獄工作坊授課多年，許多囚犯喜歡上他的課，是因為能創造敘述自己人生的拼貼畫，也因為她們深為洛馬老師著迷。他是個畫家，雙手沾滿了點點的白色油畫顏料，一頭淡褐色的鬈曲長髮綁成馬尾，年紀在五十歲左右。

洛馬老師帶我到工作桌前，為我拉出凳子，其他幾個女人進來，坐到別張工作桌旁。她們全都穿著藍色，有些人和老師握手，有些人親吻他的臉頰。

露娜走到櫥櫃前，櫥櫃的架子上堆了一張張的硬紙板，露娜取出自己的拼貼畫。她用牙齒咬住硬紙板並拿起一把剪刀和膠水，坐到我旁邊。她設法用單手和門牙整理好所有的材料。

突然間課堂安靜下來，因為有個囚犯從旁邊經過，朝陰暗的天井走去。我之前沒見過她，但是我曉得她被監禁在此，她在墨西哥是家喻戶曉的名人。四、五名囚犯圍繞著她，護衛她。她的鬈曲黑髮往上梳，看起來像頂王冠，個子很高，穿著海軍藍的衣服，不過我看得出來那是海軍藍的天鵝絨，如毛茸茸的蜘蛛般閃著微光。她的兩隻手腕上掛滿金鐲子，每根手指上都戴了一只金戒指，連拇指也不例外。這名囚犯是露德絲．里瓦司，綽號叫「護士」，是墨西哥一名地位很高的政治家的妻子，因為從管理二十多年的紅十字會竊取數百萬美金而遭到逮捕。

她走過去時，課堂上每個人都轉頭看她。

我記得在電視新聞中聽過她的事蹟，有人計算過，由於她的盜用，少購了數千輛的救護車，少建了數百間衛生所。她家在加州的聖地牙哥，被拍成介紹墨西哥貪污的電視紀錄片，我和母親看過，甚至看到她的浴室水槽是用黃金打造而成。

我們看著她走過去，旁邊跟了一小群女囚，是她花錢雇來保護自身安全的。人人討厭她，人人想殺她，似乎每個墨西哥人都有救護車始終未到的故事。

桌上露娜的拼貼畫擺在我那張空白的硬紙板旁。

露娜從《時尚》《時人》《國家地理》，以及一些肥皂劇雜誌剪下數十張手臂的圖片，用膠水將這堆圖片貼滿整張硬紙板。在這幅胳膊馬賽克畫的中間，有兩個穿尿布的嬰兒，都有一雙大大的藍眼睛，看來是從嬰兒配方奶粉廣告上裁剪下來的。在兩個小女娃有淺窩的胸部上，露娜貼了幾張剪成水滴狀的紅紙，從身體掉落到一灘裁剪出的水滴中，宛如剪下的情人節紅心。

妳殺了那些孩子？我問。我想摀住嘴巴，把話收回，但是太遲了。話已說出，懸在我們之間的空氣中，露娜吞了下去。

對，我殺了她們，就那樣剪、剪、剪。小孩子非常柔軟，刀子直接進去像蛋糕一樣。

她回答得像是在提供我食譜。

她們是妳的孩子嗎？

噢，當然是，露娜回答。都是我的，我的兩個小女兒。

為什麼？

露娜回答，她們老是肚子餓，老是想去公園盪鞦韆，我沒空帶她們去。反正已經有夠多女孩了，我們實在不需要更多的女孩子。

囚犯陸陸續續前來上課，房間的其他區域在上編織和電腦課。

喬琪亞和維奧萊塔出現了，在我旁邊的空凳子上坐下來。喬琪亞身穿乾淨全新的藍毛衣，還有新的網球鞋及厚而鬆軟的白襪，襪子在腳踝處反折下來，蓋住運動鞋頂端。她把一個大大的紅色巧克力盒放到桌上打開。

王妃，早安，吃點英國巧克力吧，喬琪亞說。

那些巧克力看起來像棕色大理石。我吃了一顆，任其在口中融化，奶油般柔滑的牛奶巧克力覆蓋住我的牙齒和舌頭。

喬琪亞喜愛拼貼畫工作坊是因為時尚雜誌，讓她想起自己在和鞋匠（維奧萊塔喜歡這樣稱呼喬琪亞的男朋友）將數十雙楔形鞋和平底鞋裡塞滿海洛因以前，在倫敦所屬的伸展臺世界。

維奧萊塔非常認真上工作坊的課，仔細謹慎地排列膠水和剪刀。因為不想折斷長指甲，她不得不用拇指指腹挪移東西安排空間。開始作業前，她點了一根菸，在抽完整根菸的期間一直凝視著她的拼貼畫。等到課程結束時，她一根接一根地抽了至少三十根菸。

她用沙啞的聲音向我說明她的作品，告訴我她的人生故事。

這裡，她說著指向拼貼畫的最右邊，是我人生的起點。妳看看，我當時很快樂。

在硬紙板的這塊區域，維奧萊塔貼了玫瑰和兩隻在玩毛線球的黃白毛色小貓的照片。

之後我爸媽開始爭吵，維奧萊塔說，指著一張剪下的布萊德．彼特照片，用來當作她父親的形象。

不要省略他經常打她，喬琪亞說。

他經常毒打她，維奧萊塔說著指向從蛋糕粉廣告裁出的老婦人照片。這樣的爭吵持續了好多好多年。

現在來到傷心的段落了，拿出妳的面紙吧，喬琪亞說。

後來我認識了一個男人，壞男人，維奧萊塔說。她指著那張裁剪下來的萬寶路男人與馬的圖像。他給我毒品。

在那塊拼貼畫上還有一團剪下的火焰，看上去像瓦斯爆炸的圖片，維奧萊塔在萬寶路男人與火焰之間的空間貼上注射器及藥瓶的圖像。在毒品的圖片下面，她拼出妓女二字。

那就是以前的我，她說。

在那兩個字之後，她從刮鬍膏和洗髮精廣告裡剪下許多男人的臉孔。在這些無名男士的臉孔當中，我能認出球王比利的臉。

如果妳按照我的拼貼畫順序，維奧萊塔解釋，就能清楚看出我是在大火後殺死我爸。

幹得好，喬琪亞說，視線沒離開《美麗佳人》雜誌。

妳認得那邊那個男人嗎？我指向那張臉。那是比利的照片，史上最偉大的足球選手。

妳確定嗎？

我當然確定。

喬琪亞把目光從雜誌移開，低頭審視拼貼畫。她同意，嗯，是他沒錯，那是比利。

噢，對啊，露娜從她坐的位置補充道，她正努力在硬紙板上拼出由失去的手臂與死掉的孩子所組成的國度。

只要用另一張該死的臉遮住他就好了。誰他媽的在乎啊？喬琪亞說。

此時歐若拉來了，像隻躡手躡腳走近磨蹭你腿的流浪貓。她悄悄坐到維奧萊塔旁邊的凳子上，然後把手臂交叉放在桌上，頭枕在上面。

洛馬老師兩手插在口袋裡，站在我們這一桌，查看維奧萊塔的拼貼畫。快完成了，對吧？他說。

只少了一部分。

哦，是什麼？

老師，你曉得我很誠實，你知道我是少年犯。

維奧萊塔說她是少年犯時，所有人都暫停下來抬起頭看。喬琪亞放下雜誌。正在拼貼畫上塗些新膠水的露娜也抬起頭來。歐若拉沒有動，不過睜開眼睛直視著維奧萊塔。

你知道我是少年犯，維奧萊塔重複一次。等我離開這裡，我只有一個目標，我要放縱自己做一件事。我想要把你從頭到腳吃掉，我要你上我的床，抱在我懷裡，聞你身上濃郁可口的香精，或者換句話說，我想要和你做愛。

我們的目光從維奧萊塔轉向洛馬老師，看看他會說什麼。

好啊，維奧萊塔，他說。

我是認真的，我會去按你的門鈴。

我知道。

我猜他聽過幾百次了。

洛馬老師，維奧萊塔說，你聞起來像個男人，真正的男人。

雖然露娜把一張空白的硬紙板放在我面前的工作桌上，我卻無法開始創作拼貼畫。我無法拿起一把鈍的剪刀，光是看著那些剪刀就讓我覺得好像回到幼稚園。

於是，我瀏覽一本國家地理雜誌。我隨便翻開書頁，發現一篇講海牛的文章，有五張海牛抱著小海牛的圖片。這些海洋動物用鰭肢抱著寶寶時似乎面露微笑。

我不必製作拼貼畫來談我的人生，喬琪亞說。我曉得我在這裡的時候，那隻他媽的發情公貓在酒吧裡跟天知道是誰在一起，八成是個人妻，聽著愛黛兒。我曉得他在吃豬肉餡餅。

維奧萊塔轉向喬琪亞說，就繼續想著鞋匠吧，會把妳自己逼瘋的。

搞不好他現在連孩子都有了。已經過了三年，他從來沒回我寫給他的信，一封都沒有。

王妃，妳對這有什麼看法？她直率地問我。

黛妃怎麼會知道？妳幹嘛問她啊？維奧萊塔說。

喬琪亞說，他是我的愛。假如要製作拼貼畫，我就會把所有寄給他卻遭退回的信貼上去，那幅拼貼畫可以命名為〈退回寄件人〉。

所有人都沉默了半晌。

維奧萊塔把手彎成杯狀放在喬琪亞手上。

歐若拉在她旁邊微微動了動，伸展雙臂。

別難過了，歐若拉說。

就在這時我看見她的手臂內側，擱在擺了剪刀、膠水、雜誌的桌面上，宛如一條淺色、近乎白色的漂流木。她的皮膚羸弱得我能清楚看見靜脈血管，彷彿血管是在皮膚上，不是在皮膚內。

有些符號不需要言語解釋，例如十字架，或納粹黨的卍字飾，或者字母Z，或是在所有老鼠藥瓶標籤上都有的骷髏圖。

在歐若拉左臂內側的符號是個圓圈，中間有一圓點，是用點燃的菸頭燙成的：圓圈、圓點、粉紅色圈圈。

當我端詳起那個符號，我看見寶拉坐在樹下，就直接坐在地上，身上爬滿了蟲子。寶拉伸出手臂在我面前展示，給我看她內側皮膚上圓圓的香菸烙印。

很久、很久以前有人，一個女人，決定這麼做，所以現在我們全都照做，寶拉曾解釋過。假如我們被發現死在某個地方，所有人都會知道我們是被偷走的。這是我們的標記，在妳左手臂內側的香菸烙印是個訊息。

我把手伸到工作桌對面，穿過膠水罐、畫筆、一小疊堆放的雜誌，握住歐若拉的手臂。我抓住她的手腕，更加翻轉過來，以便能將她的烙印看得更清楚。她的手臂是張地圖。

歐若拉抬起發黃的眼睛，望入我的眼。她的表情如此哀傷，讓我突然想到她從來沒笑過。她的臉皮從來沒有開心得出現笑紋。

她用遭燻蒸消毒煙霧損傷而嘶啞的聲音上氣不接下氣地問，妳真的是黛妃嗎？妳是寶拉的朋友？

她小心翼翼地說出這幾句話，彷彿不希望牙齒咬斷這些字。

這位人體蜈蚣對我講述了我的人生故事。

桌邊的每個人都仔細聆聽，歐若拉用氣喘吁吁的聲音述說，宛如微風吹拂著我們。

在監獄娛樂室的拼貼畫桌旁，露娜、喬琪亞、維奧萊塔聽到了寶拉、艾絲黛芬妮、瑪麗亞的事。我的人生突然變成了分叉的許願骨，歐若拉讓兩邊聚攏，她是接點。

在那間水泥監獄裡，露娜、喬琪亞、維奧萊塔看見了我家鄉的山，聽說了我故鄉人如何生出墨西哥最美的女孩。她們得知了瑪麗亞動兔唇手術，露絲經營髮廊以及後來失蹤的事。當歐若拉告訴她們露絲是垃圾棄嬰時，震驚了這群不可能會受到驚嚇的女性罪犯。

我的天啊！露娜驚呼。誰會讓自己的寶寶孤伶伶地死在垃圾堆裡？

歐若拉講述我們經常塗黑臉蛋、剪短頭髮，好讓自己看起來不引人注目，以及我們只要一聽到毒販接近就會躲進地洞裡的故事。歐若拉描述我們撞見罌粟田和墜落的軍用直升機那天的事。在大家的驚呼和抽倒氣下，她又說了寶拉淋了一身的巴拉刈，我們不得不舀出抽水馬桶的水為她清洗那日的事。歐若拉告訴她們，米奇有隻寵物鬣蜥用繩子繫著，跟著他到處走，直到他母親拿那隻鬣蜥煮成鬣蜥湯。

那不大好吧，喬琪亞說。

鬣蜥湯可以催情呦，歐若拉說。

米奇他媽的是誰？維奧萊塔問。

瑪麗亞的哥哥，歐若拉解釋。

如果我是妳媽，喬琪亞對我說，我會在露絲失蹤的時候立刻逃離那座山區。妳媽究竟在等什麼？

不，維奧萊塔說，我會在妳爸爸到美國，在那邊另組家庭的時候就馬上離開了。他朝妳們身上潑土，他埋葬了妳們。我相信妳一定有一票說英文的弟弟妹妹住在紐約。

歐若拉說，不，不，不，黛妃的媽媽永遠不會離開那座山，因為她夢想期望黛妃的爸爸會回來。那是她的希望，要是她離開他們的家，他就永遠找不到她們了。

我凝視歐若拉，覺得好像在照鏡子。她比我還了解我的人生。

另外，我再告訴妳們一件事，歐若拉說。瑪麗亞是黛妃同父異母的姊妹。

噢，拜託，別告訴我這種事，維奧萊塔說。她扔下塑膠製的短毛膠水刷，從凳子上一躍而起，黃色長指甲宛如大黃蜂在空中閃過。噢，不，不，不。不，妳不要告訴我妳爸爸上了瑪麗亞的媽媽。

喬琪亞啪地一聲把雜誌放到工作桌上。真是混帳。

妳媽真可憐，她應該殺了他的，要是我就會宰了他，露娜說。

喬琪亞把手伸過桌面輕拍露娜的手說，露娜，我們知道，妳不必告訴我們，殺人是妳解決所有事情的方法。

黛妃的媽媽絕對不會那麼做，那簡直就像殺了法蘭克・辛納屈。

寶拉詳盡地說出了我們的故事。

歐若拉氣喘吁吁地述說。講這麼多話讓她精疲力盡，撐著身體十分吃力。她俯下身子把頭枕在手臂上，微弱的脈搏在纖細的手腕和太陽穴顫動。

維奧萊塔阻止歐若拉繼續講下去。她說，歐若拉，夠了，妳可以明天再把故事說完。

維奧萊塔將膠水刷放進一罐水裡面。她站起身，用指甲如爪的手握住燻蒸消毒罐的皮帶，甩到肩膀上，然後把點燃的菸咬在齒間，用兩條胳膊將歐若拉如新娘或嬰兒般抱起來帶走。維奧萊塔看起來像爪子上抓著兔子的猛禽。我好奇那些金屬罐，還有歐若拉本身，如此靠近維奧萊塔點著的香菸，可不可能燃燒起來。

王妃，妳曉得維奧萊塔是用什麼方法殺了她爸爸嗎？喬琪亞問我。

我搖搖頭。

接接，妳沒告訴她嗎？喬琪亞說。

她又沒問。

王妃，在獄中，妳不問的話，沒有人會說。

也許她不想知道，不是每個人都想知道，露娜說。

噢，拜託，每個人都想了解謀殺案。她把手中的雜誌放到桌子中間那疊雜誌上頭。該打電話到蘇格蘭了，她說完順著幾分鐘前維奧萊塔抱著歐若拉經過的同一條走廊離開。

喬琪亞每晚打電話給她在愛丁堡的父親。她是獨生女，從小時候就沒見過母親，她母親拋棄家庭與戀人私奔。喬琪亞的父親花了大半的財產幫助喬琪亞，讓她在獄中得到所需的一切，甚至抵押了他們的小房子，以支付喬琪亞的律師費，律師正設法將她引渡到英國。喬琪亞發誓她不曉得鞋子裡裝滿海洛因，不過沒人相信她。

那她男朋友的背叛呢？露娜說。

妳認為那是真的嗎？我問。

當然是真的，沒錯。我有條金科玉律，我永遠相信女人勝過男人。獄中人人都討厭喬琪亞的男朋友。

他最好別在這監獄裡露面，露娜說。

事實是在這監獄中大家只崇拜一個男人，就是喬琪亞的父親，他成為傳奇人物。在這監獄裡沒有一個女兒受到父親疼愛，一個都沒有。每個囚犯都希望喬琪亞的父親會湊足錢到墨西哥來探監。女囚們都想見他，因此籌措「帶喬琪亞父親到墨西哥」基金的計畫持續在進行。維奧萊塔將他的名字刺在手臂上，她胳膊上的那兩個字呈藍色，像填字遊戲中的直行那樣向下排列，讀作湯姆。

喬琪亞有新衣、新鞋、新寢具、衛浴用品，因為她父親每星期都寄包裹和錢給她。她的牢房裡擺滿了英國的糖果。喬琪亞與所有人分享吉百利巧克力棒及紅盒子包裝的麥提莎巧克力球。

喬琪亞走出去打電話給她父親後，房間內充滿了寒意，我們聽見轟隆的雷聲，冷空氣吹過走廊與無玻璃的窗戶。

洛馬老師把材料收到房間後面的金屬置物矮櫃裡。露娜站起來，將她的拼貼畫連同其他的硬紙板放到後面的桌子上。我把雜誌堆成一疊。

老師向露娜告別，接著在對我說再見時，他親了一下我的臉頰。歡迎來參加工作坊，我希望妳會再來，他說。

他聞起來有啤酒的味道。

我沒有用袖子擦掉他的吻。

我和露娜緩緩走回牢房時，我臉頰上濕潤的男性唾沫逐漸乾掉，之後好幾個小時，我一直能感覺到臉上那一處，好似他的吻在我身上留下標記。在女子監獄裡得到男人的吻，是比生日或耶誕節禮物更棒的禮物，比一束玫瑰花更好，比熱水澡更佳。我可以想像在這監獄裡住上好幾年，盼望著每個上工作坊的日子以及臉頰上那枚男性的吻。那吻是雨，是陽光，是外頭芳香的空氣。是的。我知道我甚至會坐在那兒，把愚蠢的材料黏貼到硬紙板上，只為了再得到那個吻。

那晚稍後，我躺在露娜上方的水泥雙層床上，她在黑暗中喋喋不休地與我閒聊。頭一天晚上，我以為她只是示好所以跟我說話，但是現在我明白她必須說話以填補黑暗。她的絮叨起了撫慰作用，讓我昏昏欲睡。

露娜說，妳能相信只用二十六個字母就可以表達一切嗎？只有二十六個字母來談論愛、嫉妒、上帝。

對啊。

妳發現到白天的用語和夜晚的不同嗎？露娜問。

嗯。

黑暗中我能聽見大卡車與巴士駛經監獄。外頭的聲響只有在清晨和深夜才聽得見。

要是妳已經在這裡待了兩年，為什麼沒有被判刑或引渡呢？我問。

王妃，我從來沒有打電話給律師，或瓜地馬拉大使館，或者家人。我想大家都忘記我在這裡了。

我相信他們一定很想念妳。

才不會。妳或許要問這世界怎麼可能會忘記一個人呢，但這種事情時時刻刻都在發生。

可是監獄裡的人難道不會覺得奇怪嗎？

他們想當然地認為我正在處理，沒有人會想到我寧可待在這裡也不想去其他地方，但這是事實。

妳想待在這裡？

有些人喜歡裡頭勝過外頭，這是我待過最棒的地方了。在我的村子，政府屠殺了所有人，露娜說。

在瓜地馬拉？

我在短短兩年內失去了絕大多數的家人。我走著都覺得隨時會有冰冷的子彈穿透我的身體，一顆冰冷的子彈。

在拼貼畫工作坊開始吹起的微風此時增強，寒冷的空氣隨著陣陣強風吹進建築內。

我以為去美國會比較好。我聽說過各種各樣的故事，露娜說。

有人說絕對不會更糟。

我聽說過有人渴到割開自己的手臂吸血。那是在沙漠中，亞利桑那州。我看過有個男人身上傷痕累累，他想跨越邊境卻遭到遣返。邊防衛兵把你當狼開槍射殺，那算運氣好的。要是像哲塔斯之類的犯罪集團綁架了你，那你就到了死亡移民的國度，一個特殊的死亡之地，沒有出生證明也沒有墓碑，沒什麼比那個更糟了。

第一批斗大的雨點落在屋頂上，空氣中有水和水泥混合的味道。

我爸在美國，我說。

想像射殺妳的槍是妳死前看見的最後一樣東西，想像那是妳帶去天堂的最後一幕人生影像。妳認為自己看到的最後一樣東西重要嗎？

我爸在紐約，我說。

聽我說，我絕不想跟那些死人一起埋在墓地。我想要火葬，妳呢？

我覺得好冷。

對啊，變冷了。

我需要快點拿到毛毯，否則會生病。

妳可以下來跟我一起睡，我不介意，露娜提議。

我坐起身，迅速沿著雙層床側面爬下去。露娜為我掀起被子。

進來吧，她說。

我們蜷縮在一起，她的體溫滲進我的皮膚。

好啦，好啦，她說著用獨臂摟住我。我感覺她失去的那隻幻肢環抱著我。露娜用牙齒咬住被子頂端，將被子拉到我們的下巴處。

我見識過蠍子的仁慈，如今我體認到殺人犯的慈悲。

23

歐若拉的牢房聞起來有燻蒸消毒的毒藥味。這間牢房比我的大，有兩張雙層床，住了四名女囚。馬桶、水槽、小淋浴間同樣在牢房後面排成一排。

歐若拉沒收到絲毫外頭的援助，因此不得不接下沒人想做的工作，自從一年多前她被判刑後就一直負責監獄的燻蒸消毒。

牢房裡除了歐若拉外沒有別人。她躺在一張下舖上，招手示意我進去。

我坐在她的床沿，她蓋著被子躺著。床上靠牆堆置了數十個超市塑膠袋、兩個燻蒸消毒的金屬罐和軟管。歐若拉的目光跟隨我的視線。

這房裡沒有儲物的空間，我們大家只得把行李放在床上，她說。

歐若拉的塑膠袋裡裝滿了其他囚犯給她的衣物。在監獄裡有個迷信是，倘若帶著行李離開就會再回來。而歐若拉是垃圾收藏家，接收所有的東西。

妳離開這裡時，別忘了把妳的東西給我，她說。

我什麼都沒有，我說。

喔，不過妳將來會有的。

透過一只透明的塑膠袋，我可以看到一些梳子和湯匙。

那天早上稍早，露娜告訴我沒人喜歡和歐若拉同住一間牢房，因為燻蒸消毒罐的氣味，也因為她囤積一切。露娜說她的同房牢友只要一有機會就會盡快離開牢房，到天井或是那間所有人聚集上課、用餐的大房間去，這代表歐若拉那天可以獨占牢房。她大多時候都在睡覺。

喬琪亞叫歐若拉睡美人，露娜說。她睡覺是因為喜歡做夢，而不是因為疲倦。露娜繼續說，歐若拉會打開燻蒸消毒罐的噴嘴嗅聞毒藥，她把煙霧深深吸入體內，那會讓她覺得睏倦，是她的安眠藥。

我坐在歐若拉的床上時，那味道令人難以忍受。燻蒸消毒的氣味已滲入她的床鋪、行李、衣服，包括皮膚裡，沒有昆蟲會接近她。

妳有阿斯匹靈嗎？歐若拉問。

在那間有毒氣體瀰漫的雜亂牢房中，我得知歐若拉是在麥克連的大牧場上認識寶拉的。寶拉抵達的那天是麥克連女兒十五歲的生日派對，歐若拉說。我在帳棚裡，和其他被擄來的女人在一起。她們大多數人都是在試圖越過邊界進入美國時遭到綁架。那些男人不斷進來打量我們。我年紀較大，這是我第三次被賣。寶拉說她來自阿卡波可外。她長得很美。

我點頭。沒錯，她是很美。

我想起我們那片充滿怒氣的土地，曾經有過真正的聚落，卻遭到毒販的犯罪世界和移居美國的風潮摧毀。我們那片充滿怒氣的土地是破碎的星群，每間小小的家都是灰燼。

歐若拉費力地呼吸，她靠手肘支撐坐起來，不過仍待在毛毯下。我輕輕坐在床沿，因為她周圍堆了太多袋子和東西，毫無空間。歐若拉的床鋪是座垃圾場。

一個男人買了我，他是提華納一個大毒梟的兒子，歐若拉解釋道。因此我不住在麥克連的大牧場上，可是我們經常互訪，因為有很多聚會。有時我會去馬塔莫羅斯，或者他們會來提華納。所以，我雖然沒有那麼常和寶拉見面，但是我看過她。我記得有一次我到麥克連的大牧場參加生日派對，她的手臂上紋了食人魔的寶貝的刺青。我以前從沒看過那個刺青。當然啦，麥克連其中一個綽號就是食人魔。他們這麼稱呼他是因為他總開玩笑說要吃人，尤其是女人。

他真的吃過人嗎？

他會說，妳真漂亮，我想吃掉妳的臂膀。我會撒點鹽在妳身上，用玉米薄餅把妳捲起來，類似這樣的話。我們都知道當我們獻身給這些男人時，就像是在洗碗或是倒垃圾。

這話是什麼意思？

感覺就像是當了小便池。

歐若拉咳了咳，伸手去拿裝滿水的塑膠瓶，喝了一大口，喝完以後把瓶子遞給我。我不想喝，因為她似乎病得很厲害，但我還是啜飲了一口，我知道我是在喝她的口水。

寶拉的刺青是新花樣，歐若拉繼續說。我很訝異她刺了那玩意，不過也許她只是別無選擇。

對，她身上有那個刺青，還有香菸烙印，我說。

那些男人喜歡刺青店，經常去一間在提華納的店。麥克連背上紋了死亡聖神，胸膛上刺了瓜達露佩聖母。我後來再也沒見到寶拉，我們始終沒說再見。

她回到家了，出乎大家的意料。

傳聞說她設法逃走了。他們說有天晚上，她就那樣走出大牧場，一直走一直走，再也沒回來。我們以為他殺了她，這種事很難說。我們希望她沒有試著越過邊境到美國，因為她肯定會再次被擄走。

那妳是怎麼了？我問。歐若拉躺回床上，她沒有枕頭，所以只得平躺。

我從廚房水槽下面拿出老鼠藥，混進咖啡裡。

歐若拉的眼眸顏色非常淺，讓我想到阿卡波可海灘上死掉的淺藍色水母。

妳是哪裡人？我問。

歐若拉出身下加州，在聖伊格納休村長大，父親是導遊，帶觀光客搭他的船去觀賞加州灰鯨。

瞧瞧這個，歐若拉說。

她從那堆塑膠袋底下抽出一張硬紙板，那是幅海灘的拼貼畫，海面上有隻鯨魚，另外還有一些海星和從雜誌上剪下的貝殼，黏貼在褐色的紙張上。

我用黑色紙剪出海星，這監獄裡面竟然沒有一本雜誌有海星的照片，她說。

我很喜歡。這非常漂亮，讓我想起阿卡波可外的海灘，不過我從來沒看過鯨魚，我說。

妳必須明白，我第一次被擄走的時候才十二歲，歐若拉繼續說。我只是條小魚，因為太小不能吃，所以總是會被扔回海裡的那種。他們根本不該那麼做。我是村子裡唯一有淺色眼眸的女孩。

她的眼睛好像玻璃底船上的玻璃。

大牧場上沒有人能夠相信。誰會想到歐若拉，所有人之中最溫柔順從的那位，竟然會下手，但我就是做了。

我能夠望入歐若拉的眼睛，深入她那淡褐色的沙子與貝殼組成的身體。

我殺了五個人，很了不得吧。他們聚集在大牧場開會，兩天後才死在提華納的醫院裡。

醫生證實那些人中了毒後，警察來逮捕我。警方檢查咖啡杯，驗出了毒藥。我甚至用阿賈克斯洗碗精反覆洗了好幾遍呢。大家都知道我為那群鼠輩的聚會泡咖啡，大家都曉得那群鼠輩的廚房水槽下有瓶老鼠藥。鼠輩需要毒死，不是嗎？

歐若拉翻找超市塑膠袋，解開一個袋子，裡頭裝滿鈕釦和一堆用橡皮筋綁在一起的指甲銼刀。從這袋子裡她還抽出一小疊舊剪報。

這裡。妳不相信我的話，看看這個，甚至還上報了呢。

我閱讀報上文章後將剪報還給她，她再放回那堆東西裡。

她以殺了那些男人為傲，那是她的正義行動。

我把水燒開，放入咖啡，讓那東西就位。

嗯。

我把杯子和一碗糖放在托盤上，我能聽見男人在餐廳裡說話，我攪拌壺裡的咖啡渣。

嗯。

歐若拉停頓下來，想要吸口氣，卻似乎只能呼氣。她奮力地吸氣，不僅用肺部，而且用上全身，劇烈地起伏，可是徒勞無功。

妳是怎麼下手的？

只花了一分鐘的時間，非常簡單。我從水槽下面拿出那瓶老鼠藥，倒進咖啡裡，就那麼簡單，好像加糖或奶精一樣。

我伸手握住她的手臂，她的皮膚表面摸起來粗糙，彷彿仍覆蓋著海灘沙。我窺視她眼睛裡的海洋景觀，看見了鯨魚和海豚。

請再多跟我說些寶拉和麥克連的事，我說。

歐若拉告訴我麥克連不僅在北方各地有大牧場，而且在格瑞羅州擁有事業與房地產。

靠近妳家鄉，歐若拉說。我從來沒看過，不過其他女人告訴我，他有間豪宅在阿卡波可外，有一年耶誕節，他在那裡建造了北極，甚至用飛機載來真正的馴鹿。

對，我回答，我聽過這件事。

妳曉得麥克連非常愛他的馬，甚至把牠裝入棺材埋進墓地，如同對人一樣？

不，我不曉得。

他們說他想要車葬。

墓園裡多的是用自己車子當棺材的男人。我聽說過。

我看著歐若拉再從水瓶啜飲一口水。寶拉是怎麼回去的？妳見到她了嗎？歐若拉問。

歐若拉把頭靠回床墊上休息。

她告訴過妳麥克連大牧場的事嗎？歐若拉問。

寶拉的母親用瓶子，用嬰兒奶瓶餵她，甚至餵她吃嬰幼兒食品，嘉寶罐裝的，我說。

歐若拉邊聽邊打呵欠。她的眼睛開闔了幾次。最後她翻身側躺睡著了。

我端詳她。她憩息時不用費力呼吸，表情平靜，我能夠看出她曾經是個美人，有竊走的價值。然而今天她就像在公路上迷路、營養不良的狗。

我也蜷縮在她床尾的塑膠袋和燻蒸消毒罐當中入睡。

在獄中我頭一次做夢，我曉得是有毒氣體導致我做夢。我夢到了胡立歐，我們在阿卡波可那間大理石屋的花園裡，並肩躺在草地上。我們側躺著四目相對。我能看見他的體內，在他的肌肉下面，我看到了星星和月亮，我曉得他出生在太空。

歐若拉在睡夢中咳嗽的聲音驚醒了我。牢房內的光線昏暗，我明瞭到自己已在那裡打盹了好幾個鐘頭。似乎是因為與認識寶拉並且對我的人生略為了解的人在一起，所以我能夠安心入眠。歐若拉帶我回家了。

我睜開眼時，看見在歐若拉對面的床上有個人影，是維奧萊塔。

我坐起身來。

她赤裸著身子，頭髮上裹著一條毛巾，我能看到幾滴水從毛巾下面和她的耳後流下來。地板上，有一道水痕從極小的淋浴間一路滴到她的床。

她床上有很多絨毛動物玩具靠牆擺放，在那堆絨毛玩具裡頭，我能辨認出一隻貓熊，一隻長頸鹿，以及至少四隻玩具熊，簡直是個動物園。

她身上滿是刺青，在面向我的那條胳膊側面，我能看見湯姆二字。在同一條胳膊的手腕處，她紋了幾條看起來如同帶刺鐵絲網的手鍊。

她盤腿坐著，另一條毛巾攤開在她面前的床上，毛巾上有一些墨水罐，我可以看見罐子裡紅紅綠綠的，還有幾支注射器和長針展開在布上。

維奧萊塔凝視著我。

早安，她說。

現在還是早上嗎？

嘿，妳想不想刺青？這裡每一個人都有刺青，我在這裡工作，我可以幫妳刺。

維奧萊塔說話時，歐若拉微微動了一下醒過來。

不必了，我還不想，不過謝謝。假如我走出這裡時，身上有刺青，我媽鐵定會宰了我。

維奧萊塔，別煩她，歐若拉說。

王妃，有人告訴過妳，外面的人會為妳哭泣整整三天，之後就忘記妳的存在嗎？維奧萊塔說。

她伸手過來掐我胳膊的皮膚。她把我的皮膚夾在手指間一擰，彷彿那是鎖孔裡的鑰匙。

住手，好痛喔！

為什麼？她鬆開我的手臂問。為什麼好人總認為他們是對的，啊？

我說了什麼？

在這裡，我們可不是打不還手的人，她說。

露娜出現在門階上，手裡拿著一件米黃的厚毛衣，她把毛衣遞給我。

我幫妳拿了這件毛衣，它是妳的了。今天我們有人出獄，她說這件可以給我。喏，穿上吧，會讓妳暖和些，露娜說。

我連想都沒想過，監獄會冷到我感覺身體逐漸變成未乾的水泥。我接過毛衣，從頭上套下去，這毛衣聞起來有另一個女人身體的味道，好像爐子上米飯沸騰的味道。

讓我睡覺吧，歐若拉說，拜託。

維奧萊塔看露娜一眼，然後把目光轉回到我身上。在這裡我們兩人睡一張床，頭對著腳睡，嘴裡有另一個人的腳好過對著臭兮兮的臉和難聞的監獄口臭。

是啊，我們知道，露娜說。

妳們兩個可以有自己的床鋪，真是不公平。

得了，歐若拉說。妳從什麼時候開始到處尋找公平的世界？

我們走吧，來吧，露娜說。

刺青會讓妳心情愉快喔，我們走出去時，維奧萊塔對我大聲喊。考慮一下吧，我收費不貴的。

和露娜並肩走回牢房時，我心想這一天快結束了。我整個人已心向星期日，接見日。再過一天我就能見到母親了，我想像此時她在監獄附近某間廉價旅館裡，我能感覺得到。

那個維奧萊塔，真是個貪吃鬼，露娜說。她吃雞肉的時候感受到愛，吃牛排就覺得幸福，我看過她吃下一整個蛋糕。

她為什麼殺那麼多男人？我問。

那跟她暴飲暴食有關，我自己想的，殺人就好像進食，露娜說。

我們走著，我邊向露娜講述我所做的夢，我告訴她宇宙在胡立歐體內。

妳必須感謝上帝在夢中決定妳的命運，感謝祂給予妳警告，露娜說。很久以前我向上帝承諾過我會留意祂給的每一則訊息。

妳覺得我的夢是什麼意思？我問。

非常明顯啊。

嗯？

意思是妳希望時鐘的指針倒回走，回到大家都沒變的過去。

我不這麼認為，我的夢不是那個意思。

那麼是什麼意思呢？

我想我明白，等我想清楚後會告訴妳。

當晚我爬上床時，有張黛安娜王妃身穿黑色舞會禮服，頭戴冠冕的照片，是從雜誌上撕下來的，以透明膠帶貼在我的牆上。真正漂亮的逝世王妃擺在我穿著獄中破舊米黃色運動褲的身體旁邊，讓我自覺又醜又髒。我撕下牆上的照片，在手裡揉成一團。她舞會禮服的黑墨水沾污了我的手指。

24

翌日早晨，露娜和我到戶外天井去，坐在一道日光下。天井裡幾乎每個人都在找尋一縷陽光來暖和身體。男子監獄投射下的長長陰影使得空曠的院子大多曬不到太陽。

到十一點前，天井已擠滿三五成群站著閒聊的女人，同時南牆邊上展開了一場足球賽。我能看到喬琪亞的黃髮追著球跑，維奧萊塔則在邊線觀戰。有個女人販賣一籃子的咖啡和甜麵包，露娜從她那兒為我倆買了杯咖啡。

露娜想看足球賽，但我不想。因此我漫步到長椅邊坐下來，她則到天井的另一邊，與維奧萊塔站在一起。

我啜飲著微溫的咖啡，一會兒後，我看見歐若拉走出監獄建築到天井來。她在戶外光線中猛地一顫瞇起眼睛，彷彿陽光刺痛了她的眼。

我招手示意她過來跟我一起坐。她緩慢地移動，踮著腳尖，好似在用慢動作行走或是模仿走路的模樣，背著燻蒸消毒罐宛如那是烏龜殼。

她坐到我旁邊，光著腳，因為腳踩在冰冷水泥上會痛，所以她才那樣走路。她坐在我旁邊，我把剩下的咖啡給她。

喏，妳可以喝完，我說。

她蒼白乾燥的手握著保麗龍杯，露出手臂內側的菸痕圖案。在天井的光線下，圓形疤痕看起來像珠母貝般的月亮。

妳的鞋子到哪裡去了？

總有人偷我的東西，今天早上不見了。

她的雙腳看上去僵硬發青。我依舊穿著塑膠夾腳拖。倘若我有鞋子，我會給她嗎？我曉得自己八成不會。才過了幾天，監獄就改變了我。我想起維奧萊塔早先說過的話，外頭的人短短三天就遺忘妳了。

我拿下歐若拉背上的金屬罐，讓她在長椅上面向我而坐，再將她的雙腳抬到我的膝上，用毛衣蓋住。

現在我們兩個都需要鞋子，我說。

事實是，在歐若拉告訴我有關寶拉的一切之後，現在每當我看著她，就好像她是條出獄的路，穿過墨西哥城的街道，通到黑色公路，回到我家。

歐若拉喝光最後一點咖啡，將空杯擱在地板上，然後伸手過來握住我的手。雖然歐若拉年紀比我大，卻像個孩子。她的手好小，有如七歲孩子的手。我握著她的手，彷彿是在牽她過馬路。

歐若拉繼續說著，好似我們前一天的談話不曾因突然睏倦入睡而中斷，那場由有毒氣體所導致的睡眠。

我們不敢相信寶拉竟然會逃跑，歐若拉說。他一定會找到她，這點她很清楚。他終究會找到她的，她知道。

我不認為他找到她了，我回答道。寶拉和她媽媽消失了，遠走高飛，躲在某個角落，沒人知道在哪裡。

歐若拉從我手中抽出她的手，抱住腹部彷彿肚子疼。

妳不懂啦，她說。

什麼？

我肚子痛，我頭疼。

這裡有醫生嗎？

只有星期一有。我不想去看醫生，他可能會不許我繼續燻蒸消毒，那麼一來我要怎麼賺錢？

這份工作害妳生病了。

這份工作讓我做夢睡覺。可是妳不懂啦，她再說一次，黛妃，妳不懂。

不懂什麼？

歐若拉抱著肚子前後搖晃，眼珠子向上翻，我能看見她的眼白。

聽著，她低喃地說。

聽著，她低聲再說一次。妳殺麥克連的時候，為什麼連寶拉的小女兒也殺了？為什麼？

抱歉，我聽不懂。妳說什麼？

妳殺麥克連的時候，為什麼把凰・蕾伊・拉莫斯也殺了，妳知道的。妳在想什麼？妳殺麥克連的時候，為什麼連寶拉的小女兒也殺了，為什麼？

她說出的話語凝滯在空中，彷彿中了進出她肺部的毒藥。我覺得好像可以伸出手去抓住那些懸浮在空中的字，握在手中捏碎宛如枯葉。我能夠在嘴裡嘗到毒藥的味道。

妳殺麥克連的時候，為什麼連寶拉的小女兒也殺了，為什麼？

我看過放在龍舌蘭仙人掌上晾乾的連身裙。我想像過小女孩細瘦如嫩枝的手臂從袖子露出來。兩件衣服差不多乾了，因此被熱風吹得揚起，仙人掌旁邊的地上有個玩具桶和一支玩具掃帚。

妳殺麥克連的時候，為什麼連寶拉的小女兒也殺了，為什麼？

血可以聞起來像玫瑰。

妳殺麥克連的時候，為什麼連寶拉的小女兒也殺了，為什麼？

我閉上雙眼，向收音機祈禱。我向收音機裡的歌曲祈禱，那首我在阿卡波可聽了一遍又一遍的曲子。我在打掃房子時聽，在海灘上聽，在玻璃底船裡聽，我一再一再地聽。我聽著描述凰．蕾伊．拉莫斯故事的毒販歌謠：

即使死亡，他強大無比的影響力依舊存在
即使死亡，他強大無比的影響力依舊存在
殺了他的那把槍也殺害了他的女兒
你會看見他們的幽魂依然存在，蒼白如珍珠
一起手牽手，在公路上
一起手牽手，在公路上
為了神，省去你的禱告，什麼也別說
為遭到殘殺的男人與孩子唱歌吧

25

星期日早晨，大多數囚犯都很早起床，為接見日預作準備。女人們塗抹指甲，將頭髮梳成圓髻和辮子，或者戴整晚的大髮捲把頭髮弄直，就連不曾有訪客的囚犯也會整理儀容以防萬一。

大家都知道的是外頭排隊等著進女子監獄的訪客很少，而男子監獄的訪客則大排長龍，一路排到馬路上去，隊伍延伸到至少十條街外。訪客可能要等上好幾個鐘頭才終於可以進去和男囚會面。

這件事情是露娜告訴我的。

妳只需要知道這件事就好了，她說。沒人來探女囚的監，大家都去探視男囚。我們還需要了解世上其他的事嗎？

女子監獄的規定是先帶訪客到天井，半個鐘頭後，再准許囚犯出來。

十一點時，我們在通往院子的走廊上排隊等候。我們排成一列，我被擠在露娜和喬琪亞之間。喬琪亞嘴裡有一大團泡泡糖，我能聽見她嚼動時泡泡糖發出啪噠的聲響。

妳還有口香糖嗎？我問。

從我到監獄以來就沒有刷過牙。

喬琪亞從牛仔褲口袋拿出一片粉紅色口香糖給我。

謝謝。

好好抓住妳的禱詞吧，她說。人類所知的所有宗教都在星期天來這裡，想要偷走妳的禱詞。

外頭的天井已改頭換面，像個露天遊樂場。每個人都穿著紅色或黃色的衣服，訪客不得穿藍色或米黃色，以免不小心被誤認為是囚犯。

整個空間擠滿了人，分別帶著一籃籃食物和以色彩鮮豔的紙張包裝的禮物。天井一邊有四名身穿白長袍的修女，坐在長椅上等待。有許多小孩跑來跑去，我預期隨時會看到氣球人或棉花糖小販出現。

我掃視死氣沉沉的囚犯顏色與色彩鮮豔的訪客，找尋母親的身影。

我沒有看到她。

她沒來。

這時我看見父親朝我走來。

我穿過叢林的樹葉走向他。

我在木瓜樹下行走，扯斷擴展到小徑上的蜘蛛網，蠡蜥紛紛匆忙逃開。

我能嗅到周圍樹上的橙花香味。

那人不是我父親。

瑪麗亞張開雙臂，我能夠看見她胳膊上醜陋的圓形傷疤，以及遭我母親射傷後缺失的那一大塊肌肉。我也可以看到兔唇手術在她上嘴唇所留下的輕微疤痕。

我走進她的懷抱，她親吻我的面頰。

我生平頭一次心想，爸爸，謝謝你。爸爸，謝謝你，謝謝你四處留情，給了我瑪麗亞。

我牽著瑪麗亞的手，陪她走到天井的另一邊，遠離所有人。所有的長椅都有人坐，因此我們坐在水泥地上，背靠著分隔此區與男子監獄的那堵牆。

我可以看到露娜跟那群修女坐在一起，喬琪亞和維奧萊塔在跟一名身穿灰色套裝的女士談話。我四處都沒看到歐若拉。

起碼妳在這裡很安全，瑪麗亞說。

瑪麗亞告訴我她母親死了。瑪麗亞躲在洞裡，聽著一群男人拿機關槍對著她家開火，打中她母親的身體。

地洞救了我，想想看，那個地洞救了人，瑪麗亞說。

地洞也救過我一次。

樹木和草地上到處都是她的血，瑪麗亞繼續說。我曉得假如我抬頭看，天空將會布滿她的鮮血。我知道月亮籠罩在她的血裡，永遠都將如此。

我一下一下緩慢地撫摸瑪麗亞的頭髮，從頭頂摸到頸部。瑪麗亞在顫抖。

我好幾天不敢爬出地洞。我從洞裡仰望天空，看見禿鷹。

嗯。

我可以聽見螞蟻在爬。

嗯。

四天後，我口渴得要命，掉不出眼淚。

嗯，我知道。

我好孤單。

嗯。

我聽見一個男人說，感謝我們打算殺妳吧，情況還可能更糟呢。

嗯。

我媽媽知道我在洞裡面，她說，殺了我吧。

嗯，妳可以繼續告訴我，再對我多說一點，我說。

我在那個洞裡面待了好幾天，抬起頭時，天空布滿了鮮血。

後來妳怎麼辦？

我跑到妳媽媽家，不然我還能去哪，我還能去什麼地方？她照顧我，讓我睡在妳床上。

我伸出一手摟住瑪麗亞。

這裡的地板好冰，她說。

對啊，這裡連太陽也是冷的。

當我們在微弱的陽光下，坐在水泥地上時，玻璃粉開始從天而降。玻璃粉塵從星星墜落。

院子裡每個人都抬頭看雲。

周遭一片靜默。

碎屑掉落，孩子們伸出手去接粉塵。晶質玻璃粉閃閃發亮，地面與所有的表面都覆蓋著一層玻璃雪。

波波卡特佩特火山噴發的大量火山灰降落在我們監獄裡。

26

一名資深獄警走到院子來，向訪客宣布他們必須離開，告知囚犯她們必須進去。火山灰中充滿了極細微的碎片，可能會割傷肺部與眼睛。

瑪麗亞和我站起來，火山灰將我們深色的頭髮變成灰白色。

妳曉得寶拉生了個孩子嗎，是麥克連的。

不曉得。

米奇殺掉寶拉的小孩，我那天跟他在一起，他還殺了麥克連。

瑪麗亞用手摀住嘴巴，這是她經常用來遮掩兔唇的動作，即使在手術過後，她依然繼續遮掩殘缺的臉。

他們會找到我們的，她從手指形成的門扉後說。

她的身體顫抖了起來。

我坐在米奇的車裡，我不知情，我人不在裡面。

妳看到了那個女孩嗎？

我看見她的衣服。我媽媽在哪裡？

她在這裡。她已經辦妥了書面作業，妳還不滿十八歲，不能待在這裡。

我會去少年監獄待一年，然後再回到這裡。我已經全部搞清楚了，程序就是這樣，瑪麗亞。

妳明天出獄。她不想看見她的寶貝在監獄裡，像叢林的鳥兒或野生的鸚鵡關在籠裡，這些話是她親口說的。

她在哪裡？

在旅館裡。她叫我告訴妳愛不只是一種情感，是願意犧牲。

嗯。

我們明天見。

好。

潛伏等待，別惹麻煩，潛伏等著。

再見。

這塊肥皂拿去。

妳能給我一樣東西嗎？

什麼東西？

給我妳的耳環。

瑪麗亞戴著一副塑膠的珍珠耳釘。她沒問為什麼，我喜歡她這點，她向來如此，從不問為什麼。瑪麗亞總是假定你知道自己在說什麼。

瑪麗亞摘下耳環，放到我手中。

明天見，她說。

瑪麗亞站著，我看著她穿過一群強盜和殺人凶手，走向出口。

她走在玻璃雪中。

那天晚上我把耳環送給露娜。

謝謝，露娜說。不要試圖把妳在這裡發生的事寫成押韻詩，妳知道的，明白吧。

27

眾神比我們所想的還要生氣，我母親說。

這是她對我說的第一句話，她並不期待得到回應。

在監獄外，我走在無樹也無花的景色當中。這地帶盡是丟棄的衣服，彷彿整塊地變成了布，我在囚犯脫下後棄置在街上的米黃與藍色的布料中行走。

火山灰仍覆蓋在大半的表面上，我們的步伐在玻璃粉末中留下腳印。

母親遞給我一件紅毛衣，我把露娜給我的破舊運動衫丟在地上，成為藍與米黃拼布的一部分。

在監獄外的停車場上，母親請計程車在那裡等我們，瑪麗亞坐在裡面。我們坐進後座她旁邊的位子，我坐在她們兩人之間，瑪麗亞伸出手臂摟住我。

到南站的公車總站，母親對計程車司機說。

脫掉夾腳拖，母親吩咐。她從袋子裡拿出一雙網球鞋，彎下身脫去我腳上的拖鞋，彷佛我還是個小女孩，然後把夾腳拖如糖果紙般扔出窗外。

媽媽，我們要去哪裡？

我要去洗美國所有的碗盤，母親說。

我們不打算呆呆等著，瑪麗亞說。妳今天稍晚要和社會服務機構的人見面，他們八成會安排妳到青少年犯罪中心。

等妳一滿十八歲，他們就會馬上把妳轉回那間囚犯鳥籠裡，母親說。

我想起露娜所說移民到美國的事。我能看見我和母親、瑪麗亞游泳渡河。

該死，想想《真善美》，一定會像那樣的，母親說。

對呀，瑪麗亞說。

我們要去美國，我要去洗盤子。我會清洗所有的碗盤，所有牛排裡的血和蛋糕上的糖霜。妳去當保姆，妳和瑪麗亞都可以當保姆。然後我們絕對不說我們是從哪裡來的。

沒錯，瑪麗亞說。

妳知道為什麼嗎？

為什麼？我問。

我們不說我們從哪裡來。母親說，這很簡單，因為不會有人問，就那麼簡單。

媽媽，我有樣東西要給妳，我偷了一樣東西給妳，我說。

我張開手，摘下鑽戒給她。她一言不發地注視著鑽戒，將戒指戴到手指上。

妳讓我愛死我的手了，她說。

好美喔，瑪麗亞說。

有人在這國家布下羅網，我們都陷了進去，母親說。

當我們行駛在城市街道上，穿過車陣與大卡車的柴油廢氣時，我看見母親凝視著戒指，手指輕撫著大鑽石。

大道上有好些清道夫，嘴巴蒙著手帕，正在清掃火山灰。他們將灰掃進黑色大塑膠垃圾袋中，這些袋子有如大圓石般堆疊在各個角落。

有件事情我必須告訴妳，這計程車上有五個人，我說。

我指著自己的肚子。

這裡頭有個寶寶，我說。

我母親既沒眨眼也沒呼吸或移動，片刻後她親吻我的臉頰。瑪麗亞親我另一邊的臉頰。

她們親吻我，但她們不是在親我。

她們已經在吻我的孩子。

母親說，祈禱是個男孩吧。

致謝詞

《為失竊少女祈禱》能成書多虧了美國國家藝術基金會小說類別的獎助，以及墨西哥國家文藝創作者獎金的資助。

後記

今日在墨西哥，女人被當街擄走，或在槍口的威脅下從她們家中被帶走。有些婦女去工作、參加聚會，或者走到街角就再也沒回家。她們全是年輕、貧困、漂亮的女人。

我傾聽深受墨西哥暴力事件影響的女人講述經歷十來年，因為我對撰寫墨西哥毒品文化下的女人的故事感興趣。在寫完有關墨西哥傭人受虐的小說*A True Story Based on Lies*之後，這對我而言是非常合理的一步。我訪問了毒販的女友和妻女，很快就明瞭了墨西哥是女人躲藏的兔子窩。她們藏在外觀像超市或食品雜貨店，但其實是偽裝的躲藏處；在女子修道院的地窖，女人和她們的孩子住在那裡，多年不見天日；在政府租借的私營旅館——離奇的第三世界概念的證人保護計畫。

在墨西哥鄉村，極度貧窮的家庭在玉米田裡挖地洞。這是他們讓自家婦女躲避人口販子的方法，彷彿是把女兒種在地裡以免失竊。

在墨西哥城的聖瑪莎阿卡提特拉女子監獄，我曾傾聽囚犯述說，她們皆是深受今日墨西哥所經歷的暴力事件傷害，或是曾積極參與其中的人。我與殺手、毒販、聲稱無罪的女人、著名罪犯的談話揭露了殘酷脆弱的人生。在粗糙、光禿的水泥牆壁包圍的監獄裡，我看見一幅貝殼、沙子、藍魚組成的畫，是一位七十歲的婦人所繪，她在被毒販逼迫攜帶毒品越過墨西哥邊界到美國之前，曾在海灘上賣炸魚捲餅。她告訴我她喜歡偷監獄的鹽罐，把鹽抹在皮膚上，好讓自己不忘記大海。

在傾聽過躲藏和入獄的女人，以及罪案的受害婦女後，我的主要故事便成為墨西哥的失蹤婦女與兒童。

多年來我聽說或讀到：她不見了；她再也沒回來；她今天應該要慶祝十六歲生日；我在祈求徵兆；她失蹤了；有男人來抓她；要是我去報警，他們會笑我；她不過是在街上走著走著；她再也沒有回電；她從來沒打電話來；我可以看見她走進門；那個男人知道我女兒在哪裡；他帶走另一些女孩；我覺得她還活著；某人派人來找我女兒；有人派某人來找我女兒。

雖然沒有精確的統計數據，但在墨西哥遭人口販賣的女性人數非常多。根據美國國務院的資料，每年在兩國邊界附近遭拐賣的約有六十至八十萬人。（注意這估計並不包括那些在國界內遭拐賣的人。）大多數被擄走販賣的人都是被迫從事性交易或遭到其他形式的現代奴役：強迫勞動、成為債奴，或拍攝色情作品。

一個女人可以賣給不同主人多次，甚至一天賣淫數十次，而一袋毒品只能賣一次。

《為失竊少女祈禱》是本描寫黛妃・賈西亞・馬丁尼茲的小說。她出身的聚落，和許多墨西哥鄉村的聚落一樣，遭到毒販、政府的農業政策、非法移民摧毀。她家是在曾經十分迷人的阿卡波可港附近的村落，她的故事是由事實中得到靈感，不過是虛構的。

珍妮佛・克萊門

墨西哥城，二〇一三年八月

為失竊少女祈禱

PRAYERS FOR THE STOLEN

木馬文學 142

作　　者　珍妮佛．克萊門／Jennifer Clement
譯　　者　黃意然
社　　長　陳蕙慧
副總編輯　戴偉傑
特約編輯　翁仲琪
行銷企劃　陳雅雯　尹子麟　洪啟軒
封面設計　莊謹銘
內文排版　黃暐鵬

讀書共和國集團
社　　長　郭重興
發行人暨出版總監　曾大福

出　　版　木馬文化事業股份有限公司
發　　行　遠足文化事業股份有限公司
　　　　　231台北縣新店市民權路108-2號8樓
電　　話　02-2218-1417
傳　　真　02-8667-1065
E-Mail　service@bookrep.com.tw
郵撥帳號　19588272木馬文化事業股份有限公司
客服專線　0800-221-029
法律顧問　華陽國際專利商標事務所　蘇文生律師
印　　刷　成陽印刷股份有限公司
初版一刷　2020年（民109）3月

定　　價　320元

ISBN　978-986-359-768-1

為失竊少女祈禱／珍妮佛．克萊門（Jennifer Clement）著；黃意然譯.
－初版.－新北市：木馬文化出版：遠足文化發行，民109.03
　面；　公分.－（木馬文學；142）
譯自：Prayers for the stolen
ISBN 978-986-359-768-1(平裝)
885.457　　109001090